KB178335

저 하늘에 사랑등불 매달고

이유식 · 전지명 · 손계숙

푸른사상

이유식(李洧植)

아호 · 靑多

평론가 · 수필가. 《현대문학》으로 등단(1961)

배화여대 교수와 한국문인협회 부이사장 역임

평론집 『반세기 한국문학의 조망』 외 6권

수필집 『내 마지막 노을빛 사랑』 외 4권, 편저 『나의 작품, 나의 명구』 외 4권

현대문학상, 예총예술문화 대상, 남명(조식)문학상 본상,

한국문학상 외 다수 수상.

현재 : 한국문학비평가협회 상임고문, 강남문인협회 고문,

청다한민족문학연구소장, 청다문학회 이사장

전지명(全芝命)

시인

울산광역시 울주 출신

성균관대학교 경제학과 졸업,

연세대학교 국제경영학과 석사졸업,

동국대학교 대학원 북한학과 박사과정

《문학예술》 시 부문 신인상

대한민국 경영인 CEO 신지식인

전지명 경제문화 연구소 대표, 한림그룹 회장

국제펜클럽한국본부 회원, 한국문학예술가협회 회장

손계숙(孫癸淑)

시인

진주교육대학교 졸업

한국문인협회 회원, 국제펜클럽한국본부 회원, 청다문학회 운영이사,

강남케이블TV '글사랑 시사랑' 출연, 대구일보 '大邱時評', 달구벌칼럼' 등

칼럼 집필 활동

《문예운동》 시부문 신인상, 제4회 서울문예상 신인상(서울 강남),

《문학예술》 수필부문 신인상 수상, 설송문학상 수상

시집 『사랑초抄』, 『맨살의 그리움은 별비되어 흐르고』 외 다수

결실과 수확의 좋은 계절이다. 이 좋은 계절을 맞이하여 여기 우리 세 사람도 공동문집의 결실을 보았다.

본인 이유식은 교수 출신 비평가겸 수필가로 활동 중이다. 전지명 시인은 한국의 경영인 CEO 신지식인인 동시에 진취적이고 창조적인 글을 많이 쓰고 있다. 손계숙 시인은 교육자 출신으로서 문학 활동을 활발히 하고 있다.

이렇듯 우리 세 사람이 각자 약간씩은 서로 차이가 있는 인생길을 걷고 있더라도 문학의 길만은 같이 걷고 있다. 두 분과 나는 남다른 인연이 있다. 두 분이 다 문단에 나올 때 내가 직접 손을 잡아 준 인연이다.

이것이 계기가 되어 우리는 수시로 문정과 인정을 나누어 오고 있다. 그런 어느 날이었다. 옷깃만 스쳐도 인연이라는데 이런 소중한 인연과 만남의 증표로 한 지붕 밑의 문단가족으로 공동문집을 내보는 것이 어떻겠느냐는 제안이 나왔다. 결국 이것이 씨앗되어 이 책이 나오게 되었다.

'저 하늘에 사랑등불 매달고'는 좁은 의미에서건 넓은 의미에서건 우리 인생의 각자 나름의 추구가 포괄적으로 보아 '사랑'에 있다는 점을 감안해 보아서다.

이 문집에는 시 25편, 수필 35편 총 60편이 실려 있다. 한 장르에만 국한된 시집이나 수필집과는 다를 뿐 아니라 세 사람의 글 취향에 다양성도 있어 읽는 맛이 사뭇 다르리라 본다. 이유식의 글은 꿈결처럼 흘러간 소년과 청춘시절의 추억담을 비롯하여 개인 신변 이야기 그리고 사회와 인생에 대한 관조와 명상의 글이 주종을 이루고 있다. 전지명 시인의 글에는 어머니를 남달리 공경하는 사모思慕의 글을 비롯하여 경영인으로서 해외 몽골에서 보고 느낀 점들의 글이 많아 색다른 맛을 더해주리라 본다. 손계숙 시인의 글은 여성의 섬세한 시각과 미래지향적 감각이 잘 드러나 있을 뿐 아니라 지난 과거를 차분히 돌아보는 추억들로 아로새겨져 있다.

비록 부족한 점이 있더라도 미소로써 많은 격려와 따뜻한 박수 있으시길 기대해 마지않는다.

끝으로 이 책의 출간을 기꺼이 맡아준 한봉숙 사장을 비롯한 편집부원들에게 고마움도 전한다.

2006년 11월 어느 날
늦가을의 꼬리자락을 보며
청다 이 유 식 글 남기다.

이유식

수 필

전지명

시

수필

손계숙

시

수필

이유식

⟞⟨⟩ 약 력 ⟨⟩⟞

아호 · 靑多
평론가 · 수필가. 《현대문학》으로 등단(1961)
배화여대 교수와 한국문인협회 부이사장 역임
평론집 『반세기 한국문학의 조망』 외 6권, 수필집 『내 마지막 노을빛 사랑』 외 4권
편저 『나의 작품, 나의 명구』 외 4권
현대문학상, 예총예술문화 대상, 남명(조식)문학상 본상, 한국문학상 외 다수 수상
현재 : 한국문학비평가협회 상임고문, 강남문인협회 고문, 청다한민족문학연구소장, 청다문학회 이사장

반덧불의 서정

　우리 나라 사람들의 똥에 관한 연상력과 상상력은 예민하고 유별나다. 벌레 이름과 새 이름만 보아도 온통 똥을 연상시킨 이름이 많다.

　이런 똥의 상상력을 발휘하여 밤하늘의 유성조차 별똥별이라 했으며, 콧방귀를 뀐다고도 했고, 잇똥, 불똥, 귓똥이란 말도 있는 걸 보면 눈꼽똥이나 손톱똥 그리고 발톱똥이라 하지 않았던 것이 오히려 이상스러울 정도다.

　여기서 개똥벌레란 이름을 한번 생각해 보자. 물론 일명 반디라고도 불리지만 밤하늘을 호롱불처럼 장식해 주는 이 벌레가 노상 개똥벌레라 불리고, 또 가수 신형원의 노래에서조차 개똥 벌레라고 불리고 있으니 좀 억울한 감이 든다.

개똥벌레는 귀뚜라미와 매미가 수컷만 우는 것과는 달리 암수가 다 발광체를 가지고 있다.

숲에서 숲으로만/무엇을 찾아선지/파릇한 불을 달고/깜박 깜박 떠다니는/반딧불 외로운 흐름에/어릴 적이 되살아!

이태극님의 시조다. 나도 반딧불을 생각하면 소년시절이 생각난다. 발광기에서 나오는 인광을 반짝거리며 여름밤 물가의 풀밭 위를 이리저리 날아다니는 반딧불이야말로 더 없는 여름밤의 서정을 자아내게 하는 밤의 전령들이었다. 우리는 저녁만 먹으면 봇도랑으로 나가 반딧불 잡기에 여념이 없었다. 풋고추들인 우리들만의 놀이가 심심할 때에는 옆집의 순이도 영이도 불러내 마냥 쏘다니며 병에다 잡아넣고선 반딧불을 꺼내어 순이의 이마에도 영이의 이마에도 붙여주며 좋아라 웃어댔다. 지그시 눈감은 두 볼에다 연지를 찍듯 붙여도 주고, 콧등에다 등불을 매달듯 달아주며 내 색시인양 바라보던 천진난만한 시절이었다.

그런 어느날 밤이었다. 우리는 들판의 한복판으로 흐르는 냇물가로 멀리 원정을 나갔다. 그곳은 저녁을 해먹고 난 후 마을의 처녀들이 하루 종일 흘린 땀을 씻으려고 삼삼오오 몰려 나와 옷을 훌훌 벗어 던지고 등물을 치거나 멱을 감는 은밀한 즐거움이 있는 곳이기도 했다.

반딧불을 찾아 나선 우리들은 멀리 몇 점의 불들이 깜박이고 있어 그곳을 향해 살금살금 걸어갔다. 냇물 저쪽에서는 깔깔거리는 웃음소리가 나고 텀벙텀벙 물 헤엄치는 소리도 들렸다.

풋고추들이라 해서 호기심의 발동이 없으란 법은 없다. 아랫도리에서 이상한 힘이 뻗칠 나이는 아니지만 야릇한 흥분을 느끼며 그곳으로 가보았다. 처녀들은 꺄르르 웃어댔다. 아마도 알몸으로 멱을 감는 처녀들이 서로서로 등을 문질러 주다가 어느 민감한 부위에 손이 닿았는지 자지러지듯 웃어댔다. 금단의 지역을 염탐하는 꼬마 기사처럼 더욱 가까이 접근해 가보았다.

그런데 이게 웬일인가. 가까이 가보니 멀리서 깜박이던 불빛이 반딧불이 아니라 담뱃불들이 아닌가. 먼발치에서나마 멱감는 처녀들의 알몸을 훔쳐보려고 미리부터 은밀히 숨어든 동리의 총각들이 담배를 뻐끔대고 있었다. 숫내를 피울만한 총각들이 달아오르는 그 숫기를 못 참아 차마 불한당처럼 달려들지는 못 하고 담배로서 삭임질을 하고 있었다고나 할까.

우리에게 돌아가라는 신호를 재촉하듯 보내왔다. 훔쳐보기가 심히 부끄럽기도 했겠지만, 자기들만의 그 행복한 순간을 더 만끽하고 싶었을 테니까. 우리들은 도둑고양이 앞의 생쥐처럼 슬금슬금 뒤로 피해 가지 않을 수가 없었다.

돌아오는 길에 생각해 보았다. 처녀들의 물기 머금은 허어연

살결이 달빛을 받아 번들거릴 때 그들은 그 얼마나 담배연기를 내뿜으며 한숨을 내쉬었을까 싶었다.

그후 우리들의 풋고추도 차츰 약이 올라갈 때쯤 되자 여름밤이면 그곳을 찾아가 총각들의 그 훔쳐보기 흉내를 내보곤 했다. 짜릿한 충동이었다.

사람들에게는 어른 아이 할 것 없이 훔쳐보기의 본능적 충동이 있나 보다. 김홍도의 풍속화 '빨래터'란 그림을 보면 허벅지를 내놓고 앉아서 빨래하는 여인과 감은 머리를 빗질하고 있는 여인 등 네명의 여인이 있고, 점잖은 양반인 듯한 사람이 부채로 얼굴을 반쯤 가리고는 도둑고양이처럼 그 장면을 엿보고 있다. 그리고 신윤복의 풍속화 '단오풍정端午風情'에는 여인들이 젖가슴을 내놓고 머리를 감거나 세수를 하는 장면을 두 소년이 생쥐처럼 엿보고 있다.

그러고 보면 소년 시절의 나도 목욕터의 피핑 탐(Peeping Tom, 훔쳐보는 아이)이었나 보다. 옷을 숨기는 짓궂음은 없었으니 우량급(?)이었다고나 할까. 우리의 설화 「선녀와 나무꾼」에 나오는 나무꾼이나 인도의 세계적 그림 '목욕하는 목녀들의 옷을 훔친 크리슈나'와 같은 용기(?)도 없이 그저 호기심 많은 '훔쳐보는 아이'였을 뿐이었다.

진달래꽃의 사연

내 고향의 봄은 먼 논벌에서부터 왔다. 바다에 면한 어촌이 아니라 오로지 농사에만 의존하던 시골이라 산바람과 함께 가난한 마을에도 해마다 봄은 찾아왔다.

논벌에서 고동을 주워먹으려고 끼룩거리며 찾아들던 두루미나 황새 떼들이 어디론가 자취를 감추면 서서히 봄은 찾아오는 것이었다.

논두렁에는 쑥이 파랗게 돋아나고 들에는 냉이, 소루쟁이, 씀바귀, 질경이, 달래, 비름이 돋아나면 댕기머리를 한 처녀들은 봄 아지랑이의 유혹에 못이긴 듯 나물 캐러 간다고 들로 산으로 나가기 시작했다.

내 또래의 어린 조무래기 소년들도 이에 뒤질세라 삼삼오오 떼를 지어 들로 산으로 봄맞이를 나갔다.

벌써 60년이 지난 옛 시절의 이야기이다. 먹을 것이 귀한 시절이라 우리들은 봄의 미각을 입안에 주워 담거나 봄을 따먹으러 열심히 들로 산으로 헤메어 다녔던 것이다. 일종의 군것질 사냥(?)인 셈이다.

들판에 나가 양지 바른 쪽의 흙 속을 파헤치면 국수발 같이 생긴 하얀 '메'가 쏟아져 나온다. '메'란 메꽃의 뿌리인데 식용이나 약용으로 쓰인 만큼 우리들에게는 근사한 사냥감이 아닐 수 없었다.

그리고 머슴들이 무논바닥을 쟁기로 갈아 누일 때면 바싹 그 뒤를 따라다니면서 무슨 큰 보물이라도 줍듯 올무를 주워 먹어대곤 했으며 논두렁에 돋아난 삐러기를 뽑아 먹기도 했다. 이런 일에 지치면 뒷동산으로 올라가서는 찔레순을 꺾어 껍질을 벗겨 먹거나 소나무 가지를 꺾어 송기를 해먹기도 했다.

그러나 이런 것보다 더욱 강한 인상으로 나의 뇌리에 남아 있는 추억은 꽃 따먹기의 습속이었다

바람과 하늘을 보며 자란 천진한 소년들은 봄이면 뒷동산에 올라 울긋불긋 교태 부리는 진달래꽃을 찾아 꽃 따먹기에 더 없는 매력을 느꼈다. 개꽃이다 참꽃이다 하여 참꽃 찾기에 여념이 없었고 해거름이 되어서야 비로소 소년들은 진달래꽃(참꽃)의 시큼한 미각을 한입 가득히 느끼며 흙투성이가 되어 집으로 돌

아오곤 했다 그리고는 왜 사람들이 같은 진달래과에 속하는데도 참꽃보다 더 아름다운 철쭉꽃을 '개꽃'이라 이름하는가에 의문을 품은 채 그대로 잠들기도 했다.

꽃을 먹는 소년. 이제서야 나는 그 추억의 비밀을 알 수 있을 것 같다. 가난했던 지난 시절, 어른들은 '먹을 수 있는 것'과 '먹을 수 없는 것'을 '참'과 '개'란 접두어로 구별했던 모양이다. 개비름이 그렇고 개고사리, 개머루, 개쑥갓이 모두 그렇지 않은가. 꽃의 아름다움이 판단의 기준이 아니라 먹을 수 있느냐 없느냐에 따라 진달래과의 꽃도 '참꽃'과 '개꽃'으로 구별된 것이다. 그래서 아름다운 '개꽃'은 일부러 피해가며 열심히 '참꽃'을 찾아 헤맨 것이다.

넉넉한 환경 속의 외국 아이들이 초콜릿과 케이크로 위를 즐겁게 해주고 있을 때, 그리고 형편이 좋은 도시의 아이들이 비가와 구슬사탕으로 입안의 침샘을 자극시켜 주고 있을 때, 보릿고개의 한숨소리를 들어온 시골의 가난한 아이들은 꽃을 따먹으면서 허기진 위의 무게를 가늠하려 했던 게 아닐까.

그렇다. 꽃이나 풀을 보면 항상 먹는 것을 연상했던 가난한 할아버지와 아버지가 아니었던가. '개구리밥' '꿩의 밥' '떡버들' '떡쑥' '떡진달래' '며느리밥풀꽃' '바위떡풀' '국수버섯' '국수나무'란 이름에는 서러운 훈장처럼 떡, 국수, 밥 등이 자주 등장하지 않았던가.

이런 서글픈 환경 속에서 자라난 시골의 아이들도 언제부터인지는 모르지만 봄이면 꽃을 꽃으로서가 아니라 먹을 것으로 생각하여 꽃 따먹기의 그 슬픈 습속을 배워 온 게 아닐까. 초근목피의 역사에 비하면 꽃 따먹기의 습속은 그래도 낭만(?)이라도 있었다고 말하면 지나친 감상일까.

이제 세상은 너무도 많이 변했다. 부모들의 영양과다 보호로 아이들이 뒤룩뒤룩 살이 쪄가고 집집마다 냉장고에는 먹을 것이 차곡차곡 채워져 비명을 지르고 있는 세상이 아닌가. 어디 그뿐이랴. 어른들 사회에서는 과소비가 문제라고 연일 신문에 대서특필되는 세상이다.

이런 세상에서 잠시 떠올려본 나의 꽃 따먹기 추억은 어쩌면 먼 옛날의 전설 같기만 하다.

내 고향 뒷동산에서는 아직도 철없는 아이들이 봄이면 꽃 따먹기의 놀이를 하고 있을까? 봄이 오면 봄바람에 그 소식부터 물어 보련다.

우물가 송사

　라디오도 텔레비전도 없던 시절이다. 이런 시절에 시골 아낙네들의 유일한 공개 생방송(?) 자리는 우물가나 디딜방앗간 아니면 두레길쌈이나 놋그릇 닦는 자리였다.

　그곳에서는 곧잘 남편에게서 들어 안 세상 돌아가는 이야기며, 이웃 마을이나 같은 마을에 있었던 크고 작은 이야기, 남의 흉보는 이야기 등으로 신나는 말 잔치판이 벌어진다. 어느 집 남편이 노름판에 휩쓸려 논밭을 잡혀 먹게 되었다느니, 어느 집 시아버지가 장터의 새로 난 술집의 색시한테 빠져 늦바람을 피운다느니 또 이웃마을의 어느 누가 가까운 친척뻘의 여자와 상피相避를 붙어먹었다는 등 이야기는 그칠 줄을 모른다.

　최해군이란 작가가 쓴 「절규絕叫」라는 단편소설을 보면 이런 대목이 나온다.

"오늘은 무슨 지랄로 또 비가 오노?"
길쌈질로 모여 앉은 그런 때면 산청댁은 우스갯소리도 잘
도 했다.
"비가 오면 와?"
둘레둘레 둘러앉은 길쌈질 자리에는 얘깃거리가 끊이지
않았다.
"비가 오면 서방들이 농삿일 제쳐 놓고 낮잠만 자지 않
나?"
"그라면 와?"
"그라면 밤에는 우리만 죽으라 욕을 보잖꼬? 아이고 그놈
의 그지랄들 아이 무서라. 그놈의 그것은 살모사 모양 바싹
독을 올려선 사람을 못 살게 굴고……."
"또 지랄하네."

우스갯소리를 잘도 한다는 이 장면 속의 산청댁은 남녀 관계
를 음탕할 정도로 사실적으로 말해 길쌈질의 흥을 한껏 돋구고
있는 셈이다. 그러나 뭐니뭐니해도 이런저런 이야기의 왕자급
장소는 우물가이다. 디딜방앗간의 일이나 두레길쌈 그리고 놋
그릇 닦기가 매일 있는 일이 아닌 이상 연중무휴 이야기의 샘이
솟는 곳은 역시 우물가이다.
특히 이렇다 할 개울이나 내가 없는 마을이라면 물을 기르려

고 나오는 아침이나 저녁은 말할 것도 없지만 우물가가 빨래터 구실까지 해야 하니 거의 하루 종일 아낙네들의 발걸음이 끊이지 않는 곳이 바로 우물가이다.

내가 살던 마을이 바로 그런 곳이었다. 집 앞에 우물이 있고 보니 간혹 웃음판이 벌어지기도 하고 또 때로는 왁자지껄 한바탕 싸움이 벌어지는 경우가 있어 어머니나 할머니의 치마꼬리에 붙어 서서 심심찮게 구경을 하곤 했다.

대개 이런 싸움판의 경우는 이른바 '소두래'가 주범이다. '소두래'란 '헛소문'에 해당되는 경상도 방언이다. 어느 마을이건 꼭 한두 사람 정도의 '소두래꾼'은 있기 마련이다. 지금 생각해 보면 이 '소두래꾼'이야말로 선천적인 이야기꾼이 아니었나 싶다.

우물가는 물론 디딜방아간이나 두레길쌈자리 그리고 놋그릇 닦는 자리에서 나온 이야기가 이런 '소두래꾼'의 입을 통해 입에서 입으로 전해지다 보면 눈덩이처럼 이야기가 불어 결국은 피해자의 귀에까지 들어가기 마련이다.

그러다 보면 그 진원지가 어느 장소였건 간에 역시 그런 '소두래'의 송사가 일어나는 곳은 우물가이다. 왜 남의 흉을 보았냐느니, 왜 알지도 못하는 이야기를 퍼뜨렸냐느니, 왜 보지도 않고 본 것처럼 이야기를 꾸며댔느냐느니 한바탕 소동이 벌어진다.

그래서 그 발설자(소두래꾼)를 찾기 위해 3인 대질이나 4인 대질의 소동이 벌어지다 보면 우물가는 이내 간이재판장으로 변하고 만다. 결과는 원발설자가 '소두래'를 꾸민 경우도 있고 또는 중간에서 듣고 '소두래'를 꾸민 것으로 밝혀지기도 한다.

대개 이런 경우엔 언제나 원고(소두래에 얹힌 사람)건 피고(소두래를 꾸민 사람)건 변호사가 따라붙기 마련이고 또 재판관이 나오기 마련이다. 밝혀진 결과에 따라 재판관은 '소두래꾼'에게 입 조심하라는 훈계(?)가 내려지고 피해자인 원고에게는 결백이 밝혀졌으니 참으라는 말로 위로하면서 사건을 종결 지운다. 한동안 마을은 조용해지면서 다시 우물가는 웃음을 되찾는다.

라디오도 텔레비전도 없던 시절이라 어딘가 여자들이 모여 앉으면 입이 간질 귀가 간질하다 보니 생겨난 우물가의 풍경들이다.

그 시절 우리 집도 소두래에 얹힌 적이 있다. 미혼이었던 작은고모가 핑크빛 '소두래'에 얹혔으니 할머니가 다 큰 처녀 혼인 길 막을 셈이냐고 노발대발하여 결국 우물가 송사를 붙여 혐의를 벗겨 주었다.

그 당시의 소두래 꾼들이 아직도 살아 있다면 무엇을 하고 있을까. 아마도 이제는 소두래 꾸미는 일보다는 손주 녀석들을 안고 텔레비젼을 보는 데 더 흥미를 느끼고 있을 것 같다.

내 청춘의 한 슬픈 소녀

　가을꽃은 코스모스이다. 가느다란 목줄기에 힘겹게 꽃을 메달고 가을바람에 한들한들 흔들거리는 코스모스를 무심히 바라보노라면 문득 애상적이라는 생각이 든다. 1년생 꽃이라 곧 겨울이 오면 단명의 운명을 감수해야 하는 그 숙명에서 나는 세월의 덧없음 그리고 청춘의 애상을 읽고 있다. 계절의 쓸쓸함 때문만은 아니다. 먼 내 기억의 회랑에 보일 듯 말 듯 자리하고 있는 어느 소녀와의 추억이 오늘따라 수채화처럼 떠오르기 때문이기도 하다.

　봄의 목련, 여름의 장미는 그래도 계절의 여왕으로 군림한다. 화단에 핀 다른 꽃들을 시녀로 거느리고 있다면 가을의 코스모스는 들꽃으로서 아무 곳에나 피어나는 가엾고 외로운 꽃이다.

목련의 청순미나 기품, 장미의 요염미나 정열에 비하면 코스모스는 소박하고 섬약스럽다. 목련이 20대의 새색씨이고 장미가 농염한 중년여인이라면 코스모스는 청순가련한 소녀이다.

코스모스와 소녀. 이런 연관을 짓다 보니 왕년에 가수 김상희가 불렀던 노래 「코스모스 피어있는 길」이 문득 생각난다.

> 코스모스 한들한들 피어있는 길
> 향기로운 가을 길을 걸어갑니다.
> 기다리는 마음같이 초조하여라
> 단풍같은 마음으로 노래합니다.
> 길어진 한숨이 이슬에 맺혀서
> 찬바람 미워서 꽃속에 숨었나
> 코스모스 한들한들 피어있는 길
> 향기로운 가을 길을 걸어갑니다.

그렇다. 이 노랫말처럼 내 사춘기 시절에 만났던 그 소녀와 나는 일요일이면 자주 '코스모스 피어있는 길'을 걸으며 문학을, 인생을, 청춘의 꿈을 그리고 불안한 우리의 미래를 이야기하곤 했다. 나는 고3이었고 그 소녀는 여고 2년생이었다. 어언 50여 년이란 세월이 흐른 슬프고도 애달픈 옛 시절의 이야기다.

그 이름 순희! 어느 결에 귀밑에 흰 서리가 내려앉은 이 나이에 먼 함성처럼 목놓아 다시 불러보는 그녀의 이름은 어쩌면 내 청춘의 아픔이고 실의며 상흔이다. 곤색 제복의 흰 칼라 위에

막 피어나는 백합 같은 얼굴의 그녀. 가냘픈 듯한 몸매는 가을 바람에 하염없이 흔들리는 코스모스요, 그런 섬약한 듯한 체질에다 뽀얀 우유빛 피부와 홍조가 번지는 듯한 두 볼 그리고 우수 어린 눈매는 속절없는 코스모스꽃이었다. 애조 띤 청순미에는 마성魔性같은 신비한 그 무엇이 숨어 있는 듯 했다. 그것이 바로 불운처럼 그녀의 가녀린 폐를 갉아먹고 있는 결핵의 증후였다는 것을 안 것은 한참 뒤의 일이었다.

그러나 그 당시는 염세적 시대풍조나 사춘기 특유의 염세적 기분과 맞아 떨어져 폐결핵이라면 꼭 무서운 것만은 아니었다. 사춘기의 우리 젊은이들에게는 결핵이 천형의 병이라는 나병이나 요즘의 암과는 달리 감미롭고 로맨틱한 정서를 불러일으키는 사춘기 특유의 병이란 특권스런 생각도 있었다. 우리 젊은이의 감정 저 한쪽 자락에는 마냥 폐병의 미의식에 홀려 찬란한 비극적 황홀 같은 동경이 그림자처럼 자리하고 있기에 가끔은 비극적 낭만의 죽음을 몽상해 보기도 했다.

이런 시대적, 세대적 분위기에 맞실려 그녀에게 미인박명의 마수 같은 결핵이 손을 뻗친 것이다. 덧없는 젊음 그리고 연소하고 있는 생명의 불꽃을 보며 한편으로는 그 얼마나 가슴이 아팠는지 모른다.

차츰 핏기를 잃어가며 백지장처럼 희어져만 가는 그녀의 얼굴을 대할 때면 나는 문득 문득 그 당시 내가 읽었던 소설 「춘희」

에 나오는 젊은 미모의 여성 말그리트를 생각해 보며 내가 바로 그녀의 상대역인 아르망이란 생각도 해보았다.

「춘희」는 19세기 불란서 작가 알렉상드로 뒤마 피스(일명 소小뒤마)의 작품으로 청년 아르망과 말그리트와의 비극적 사랑을 다룬 작품이다. 청년 아르망은 말그리트를 순정으로 사랑하고 그녀 역시 참사랑의 순정에 눈을 뜨게 된다. 그러나 아르망의 부모의 반대로 그들의 사랑은 좌절에 빠진다. 말그리트는 아르망의 장래를 위해 마음에도 없는 어떤 귀족의 첩이 된다. 결국에는 지병인 폐병이 악화되어 피를 토해가며 떠나버린 아르망의 이름을 목 메이게 부르며 가엾이 죽어간다는 이야기이다.

비록 우리가 처해진 상황은 다르다 할지라도 폐병으로 인해 우리의 사랑이 비극적으로 끝나야 하는가를 생각해 보니 어쩌면 나는 아르망이요 그 소녀는 말그리트란 생각이 들기도 했다.

그런가 하면 그녀를 생각할 때마다 나는 푸치니의 오페라 「라 보엠」에 나오는 폐병환자 '미미'를 연상하기도 했다. 어쩌면 시인 로돌포와 미미의 슬픈 사랑이 우리들의 사랑이 아닌가 싶었다. 우리는 만날 때마다 로돌포가 생명의 불꽃이 꺼져 가는 미미의 손을 꼭 잡고 아리아 '그대의 찬 손'을 부르고 이에 응답하여 미미가 '내 이름은 미미'를 불렀듯이 우린 서로의 슬픈 마음을 달래주기도 했다.

물론 그 당시 순희만이 폐결핵을 앓고 있는 것만은 아니다. 1950년대에는 꽤 많은 사람들이 폐결핵을 앓고 있었다. 지금은 생활환경이 좋아지고 영양가 높은 음식물들을 많이 섭취하다 보니 그런 병은 병이 아니다. 설사 걸렸다 하더라도 좋은 약과 치료술이 개발되어 결코 불치병일 수 없다.

그러나 그 당시는 폐병하면 불치병인 양하여 초기에는 대개 숨기고 지내다가 심해져 각혈을 할 때에야 몸조리를 했다. 개고기나 뱀탕 같은 영양식을 취하면서 고쳐보려 했다.

처음에는 그녀도 그런 영양식을 먹으면서 치료를 했다. 그러나 도저히 회복가망이 없자 결국 반년쯤 지나 요양소를 찾았다. 지금은 없어졌지만 마산의 가포 쪽에 있는 국립결핵요양소였다. 요양소에 입원치료를 받던 그녀는 결국 1년만에 이 세상을 떠나고 말았다. 필시 시트위에 선혈이 낭자하게 피를 토하며 죽어갔으리라. 짧은 마지막 생을 마감하는 순간에 그녀도 마치 「춘희」속의 말그리트처럼 내 이름을 부르며 죽어 갔을까 하고 이제 다시 한번 생각해 본다.

아마도 지금은 그녀가 천상의 코스모스 들판에 누워있을 듯 싶다. 오늘 나는 그녀가 그 옛날 나의 책갈피에 끼워 넣어 주었던 이 지상의 코스모스 꽃잎을 찾아내 그 당시 내 청춘의 열정을 다시 담아 이 가을바람에 실어 보내 보련다.

초가지붕의 서정

가을이 왔다.

내 유년시절의 고향·마을 정경이 필름처럼 떠오른다. 살며시 눈을 감아 본다. 옹기종기 모여 앉아 옛 이야기를 나누고 있는 듯한 초가지붕들이 추억처럼 멀리 보인다. 어미 소가 하품을 하는 듯 '엄매' 하고 우는 게으른 울음소리가 들려오는 듯 하고 초가지붕 위로 모락모락 피어오르는 연기에서는 아궁이에 불을 지피느라 타는 솔가지 냄새가 나는 듯하다.

잿빛을 띠고 있는 지붕, 지붕을 침대 삼고 명석을 요 삼아 가을볕에 온 몸을 내맡기고 일광욕을 즐기며 누워있는 빨간 고추, 석양에 원무를 추고 있는 고추잠자리 떼, 박 넝쿨과 박 잎사귀의 녹색은 가히 절묘한 조화를 이루어 한 폭의 그림이 되고 한편의 서정시가 된다. 고추잠자리의 날개 위에는 동심이 떠다니고 빨갛게 익어 가는 고추와 탐스런 이마를 쑥 내밀고 여물어 가고 있는 박에는 정성 들여 가꾼 만큼의 농심이 담겨져 있고, 달밤에 활짝 피어있는 박꽃에는 자연의 미소가 눈짓한다.

이럴 때 어른들이 할 일, 아이들이 할 일은 따로 따로 있다. 어른들은 고추잠자리가 나는 것을 보면서 낮게 나느냐 높이 나느냐를 두고 그때그때 일기예보의 날씨 점을 치곤했다. 낮게 날면 비올 징조요 높이 날면 쾌청이다. 대신 어린 우리는 고추잠자리 잡기에 여념이 없다. 채집용 잠자리채가 없으니 긴 설대 끝에 설대나무 가지로 된 둥근 채를 매어 거미줄을 감아 붙여 만든 잠자리채를 가지고 잠자리 떼를 향해 허공을 가르듯 이리저리 휘젓고 다니기도 했고, 또 암놈을 잡아 실에 매달아 날려보내 수놈이 달라붙기를 기다리며 '홀레 붙어라, 홀레 붙어라'란 말을 주문을 외우듯 외쳐대곤 했다.

또 지붕 위에 말리려고 널어놓은 고추를 보고 어른들이 살림을 차려 대처로 나간 아들딸들을 생각하며 김장걱정을 할 때 풋고추를 달고 있는 나와 같은 유소년들은 어서 커서 저런 약오른 빨간 어른 고추가 빨리 되었으면 하는 실없는 상상도 해 보았다.

또 그 당시 박은 귀중한 생활용구나 기물이 되었다. 집집마다 지붕 위에 두세 포기의 박 덩쿨을 올려 지붕을 치장시켜 주기에 크고 작은 박이 제자리를 차고 앉아 무슨 경연대회 마냥 모양새를 뽐내고 있을 양이면 할아버지들은 손자들을 데리고 긴 담뱃대로 사또가 기생 점고 하듯 이 박 저 박을 가리키며 그 용도를 미리 점지해 둔다. 제일 크고 단단한 듯한 박이라면 곡식을 될 때 쓰이는 '말박' 이요, 그 보다 좀 작다면 농사철에 밥을 담아 나르는 '밥바가지' 나 곡식을 되는데 사용하는 '되박' 이 된다. 또 어떤 것은 샘물을 길어 올리는 '두레박' 이 되고 또 어떤 것은 부엌에서 쓰이는 '물바가지' 가 된다. 또 어떤 것은 음식을 담아 먹는 '쪽박' 이 되고, 또 어떤 것은 걸인에게 밥을 담아 주던 '빌박' 이 된다. 또 못생기고 투박하다 싶으면 똥오줌을 푸는 '똥바가지' 나 '오줌바가지' 로 낙착된다. 작고 앙증맞게 생긴 놈이라면 선비들 개나리 봇짐에 매달려 있는 '표주박' 이나 간장 독에 떠 있는 '장쪽드랭이' 가 된다.

그런데 이렇게 크기에 따라 다용도로 쓰이던 박 바가지도 6·25 이후부터 별수 없이 차츰 사양길의 운명을 맞이한다. 철모나 철모 속에 끼어 쓰는 하이버가 대용으로 쓰이기 시작하자 또 그 이후 설상가상으로 나일론 바가지나 PVC바가지가 나오자 완전히 퇴물 신세가 되어 말 그대로 아주 '쪽박 찬' 꼴이 되고 말았다. 이제는 겨우 박 공예에서 용도의 명맥을 유지하는 신세가 되어 있다.

그리고 보면 가을과 초가지붕 그리고 그 풍경을 한결 인상 깊게 북돋아 주는 빨간 고추와 박이 주렁주렁 달려있는 박 넝쿨과 지붕 위를 맴도는 잠자리 떼의 원무는 정말 잊을 수 없는 가을의 운치요 정치며 서정이다.

그런데 이제는 기차여행을 하면서 눈을 닦고 보아도 지난 시절의 정경들을 거의 볼 수가 없다. 시골 길가의 집이야 말할 것도 없지만 멀리 산자락에 조개껍질 마냥 엎디어 있는 집들을 보아도 하나같이 기와와 스레이트 아니면 양철지붕으로 세대교체되어 있다. 내 고향 마을도 사정은 마찬가지다.

농로를 넓히고, 변소를 개량하고, 우물물이나 샘물 대신 상수도를 설치하고, 농지를 바둑판처럼 반듯반듯하게 정리한 것은 이른바 60년대부터 시작된 새마을운동의 공로라 하겠으나 지붕개량사업으로 시작된 초가지붕의 퇴출만은 좀 다르다. 해마다 겨울철이면 새 지붕을 잇기 위해 이엉을 엮어야만 하는 번거로운 일손을 던 공로야 있긴 하지만 아무래도 유죄란 측면은 있다.

문명은 산문을 가져다 주고 대신 시를 앗아갔다. 이 가을에 나는 내 유년의 가을을 생각하며 초가 지붕의 서정을 그리워 해 본다.

다용도 할아버지 담뱃대

조선 사람들의 긴 담뱃대를 처음 본 아라사(러시아)사람들은 그것을 퍽 기이하게 생각했던 모양이다.

그래서 다음과 같은 에피소드가 생겨났다.

대체로 선진국 사람들이 남의 나라에 들어갈 때에는 자국의 무장한 군대를 앞세우고 그 뒤를 호위 받듯 따라 들어간다. 개인의 경우라면 피스톨이나 그 밖의 호신용 무기를 지니고 나서야 안심하고 드나들기 마련이다.

이런 사실을 잘 알고 있는 아라사인들이 보기에는, 어떻게 된 셈인지 조선인들만은 군대의 원호도 없으면서 몸에 아무런 호신용구도 지니지 않고 오직 담뱃대 하나씩만을 들고 편편단신片片單身으로 만주나 시베리아의 넓은 들을 횡행 활보하니 이상할 수밖에 없었을 것이다.

그들은 그 담뱃대 속에는 반드시 비상용 장치가 설치되어 있어 평시에는 담뱃대로 사용하다가 신변의 위험이 닥쳤을 때 그 설대 속에서 6연발 혹은 10연발의 탄환이 튀어나올 수 있도록 고안된 것이 아닐까 하는 추측도 했다는 것이다.

어느 날 그들은 담뱃대를 해체하여 예리한 칼로 설대를 해부해 보았다. 그런데 이게 웬일인가. 발사 장치가 내장되어 있겠지 하는 짐작과는 달리 악취만 나는 니코틴(댓진)만 차 있었으니 자못 실색 하였다는 얘기다.

사실 아라사 사람들이 해부해 본 것처럼 조선인의 담뱃대에는 비록 공격용 장치는 없다 할지라도 가만히 그 용도를 관찰해 보면 호신용 내지 공격용 도구 역할이 전혀 없는 것도 아니다.

나의 할아버지의 담뱃대는 길고 길기만 했다. 사랑방에 앉아서 멀리 있는 화롯불에 불을 붙여 입에 무시던 모습이라든지 또는 성냥불을 켜서 한쪽 팔을 한껏 펴서야 간신히 불을 붙이던 모습들이 지금도 눈에 선하다.

머슴들의 짧은 곰방대의 편리성에 비하면 길어서 거추장스럽고 불편해 보였지만 그것은 '에헴'의 권위와 위엄의 상징을 떠나 우선 그 용도의 다목적성에 놀라지 않을 수 없다. 가히 무소부지無所不至, 무소불능無所不能, 무소불위無所不爲였다.

담뱃대 하면 맨 먼저 떠오르는 기억이 있다. 어릴 때 나는 심부름을 잘못했다 하여 또는 시키는 대로 하지 않았다 하여 등짝 아니면 머리통에 담뱃대로 매 세례를 받곤 했다.

이제 가만히 생각해 보니 왜 조선의 양반들이, 아니 나의 할아버지가 그렇게 장죽을 애지중지했는지 그 이유를 알 것 같다. 할아버지의 장죽은 영국인의 스틱[短杖]과 그 다목적의 용도가 너무나 흡사했다고나 할까.

영국인의 스틱은 기사 계급의 몰락과 함께 검劍의 유행이 끝나고 신사 계급이 대두하자 차츰 유행하기 시작했다. 신사의 체면에 위협적인 칼을 차고 다닐 수는 없는 노릇이 아닌가. 외형이 검에 비해 젠틀해 보이는 스틱이 양복에 안성맞춤이다 보니 널리 유행을 한 것이다.

스틱은 몸을 의지하는 지팡이 본래의 용도만이 아니라 검의 대용으로도 사용되었다는 이야기이다.

그러나 이 지팡이는 상대를 위협하거나 공격하는 칼의 대용으로만 끝난 것이 아니다. 졸지에 세워 두었던 마차를 부르거나, 중요한 지형지물地形地物이나 어떤 장소를 가리킬 때 또는 분을 풀 길이 없어 공중이라도 휘갈길 때, 그런가 하면 무례한 자를 내려치는 막대기로 또는 자기 쪽으로 물건이나 사람을 끌어당기는 갈고리로서 참으로 유용하게 이용하였다.

이런 역할을 할아버지의 담뱃대도 멋지게 해주었다. 어쩌면 영국인의 스틱보다도 그 용도가 더 다양했다. 혹시 시비가 붙었을 때라면 양반의 체면에 주먹질을 할 수 없으니 위협조의 주먹 역할, 말썽꾸러기의 손자들에게 불호령을 내리는 매 역할, 놋재 떨이를 땅땅 때리며 분을 삭이는 배설기 역할을 잘도 해주었다.

그런가 하면 손아래 사람을 부르는 무언의 신호기 역할, 머슴에게 일을 시킬 때에는 이래라 저래라 하면서 일머리를 틀어주는 지휘봉 역할, 위치를 묻은 낯선 사람에게는 지시봉의 역할, 그리고 심심해서 시간을 주체하지 못 할 때라면 파한破閑하는 기분으로 담뱃대를 분해해 놓고 댓진을 털어 내고 닦아내니 어른용 장난감 구실도 톡톡히 해주었다.

이뿐이랴. 등이 가려울 때면 효자손 역할까지 해주었으니 감히 영국인의 스틱이 이 일을 감당해 줄 수 있었겠는가.

할아버지 아니 우리의 선조들은 담뱃대 하나만 쥐고 있으면 이렇게 만사형통이었다.

이런 기능을 미처 몰랐던 아라사 사람들은 담뱃대를 그 얼마나 기물奇物로 보았기에 해부까지 다 해보았으랴.

그 다목적성으로 보아 구태여 우리의 선조들에게는 별도로 호신용 소지품이 필요치 않았을 것이다. 담뱃대의 무장은 일본의 사무라이들이 차고 다니던 칼에 버금갔고 또 서양인들이 곧잘 소지하고 다녔던 잭나이프나 권총에 버금갔다.

담뱃대 만세!

빚은 싫어

소크라테스는 사형선고를 받고 태연히 '악법도 법이다'라며 죽음을 감수했고 또 유언으로 옆집 닭 한 마리를 빌렸으니 그것을 갚으라고 했다 한다.

이 거리 저 거리를 소요하면서 제자들을 모아놓고 노상 가르친다고 세월을 허송했던 이 가난한 철학자가 그래도 큰 빚 없이 꼭 닭 한 마리 정도의 빚만 졌으니 아주 깨끗하게 살았다는 생각이 든다. 또 이왕 죽는 마당에 떼먹을 생각도 할법한데 빚 생각을 잊지 않았던 걸 보면 남의 돈을 꿀꺽꿀꺽 잘도 떼먹는 요즘 같은 세상에서는 아주 양심적이란 생각도 든다.

왜 하필 닭이었을까? 돈 빚이나 양이나 소 정도의 빚도 있을 수 있는 일이 아닌가. 생활비조차 제대로 벌어다 주지 못해 화가 난 아내 크산티페로부터 물벼락까지 맞았다는 이 처량한 철학자는 아마도 아내에게서 고기 한 점 제대로 얻어먹지 못해 아내 몰래 2,3명의 제자들과 닭고기 잔치를 벌였으리라 추측해 본다. 양이나 소라면 호주머니 사정으로 보아서는 언감생심이었으리라.

소크라테스의 이 빚 일화를 생각하면서 나는 과연 이 세상을 떠날 때 무슨 빚을 지고 떠날까를 미리 한번 점쳐 본다. 내 인생에 돌풍이 불지 않고 또 내 인생이 노망들지 않는 한 결코 빚 있는 인생은 되지 않으리라 예상해 본다.

나는 빚이 싫다. 설사 그것이 어떤 형태의 빚이건 빚이라면 매우 싫다. 돈 빚도 싫어하고 외상 빚도 싫어한다. 현찰주의다. 심지어 신세지는 마음 빚도 싫어한다. 빚이 있다 싶으면 마음이 무겁고 개운칠 않다.

평생 나는 남이나 은행에서 돈을 빌린 일이 거의 없다. 직장생활을 하다 보니 물론 큰돈을 빌릴 일이야 없었지만 그래도 집을 넓혀 이사를 갈 때라면 빌릴 수는 있는 일이다. 그간 40여 년의 서울생활에서 집을 한 두번 옮기긴 했지만 내 힘에 맞는 집, 내 여유 돈에 맞는 집만 골랐지 투기 욕심으로 과욕을 부려 빚을 낸 적은 없다. 땅이나 아파트를 재테크 수단으로 삼아 투자한 적도 없다 보니 횡재 한 적도 없다. 기껏해야 쓰고 남은 여유 돈으로 아파트 한 채에다 조그마한 가게 하나를 마련해 둔 것이

나의 전 재산목록이다. 만약 내가 국회의원이나 고위 공직자가 되어 재산공개를 할 판이라면 물론 더 있긴 하다. 그러나 그것은 종손인 내 이름 앞으로 되어 있는 임야요 논과 밭일 뿐이다. 골프나 콘도 회원권도 없고 고급 승용차도 없다. 큰 자리 한번 앉아 보라고 예쁘게 봐줄 사람은 물론 없지만 사람팔자 시간문제라고 행여 누가 아랴 싶어 예행연습 삼아 더 밝혀 본다면 현금이 좀 들어 있는 저축통장은 2, 3개 있다.

빚을 싫어 하니 신용카드 사용도 싫어한다. 어떤 사람들은 별의별 신용카드를 지갑이 몸살 앓을 정도로 꽂고 다니지만 나의 지갑은 무척 가볍다. 나에겐 신용카드가 꼭 두 개 있는데 두 세 번을 제외하곤 노상 행복한 동면冬眠이요, 하면이다. 아니 춘면도 추면도 하고 있다. 여행길에 오를 때가 아니면 일년 삼백육십오일 낮잠을 잔다. 나 같은 사람만 있다면 신용카드 회사는 꼭 굶어 죽기 십상이다. 신용카드 사용도 결국은 외상 빚이라는 생각에서이다.

그래서 외상으로 물건을 사보거나 외상 술값을 진 적이 없다.

돈 빚이나 외상 빚을 싫어하는 성미이니 남의 신세지기도 싫어한다. 남을 돕는다는 뜻에서 간접적으로 신세를 진 일은 있지만 내가 신세진다 싶은 일은 일부러 피해 왔다. 신세를 진다는 것은 언젠가는 갚아야 할 마음의 빚이기 때문이다.

오래 전에 딸의 결혼식이 있었다. 개혼이니까 여봐란 듯이 자랑삼아 하객들을 많이 모을 수도 있었으나 일부러 신세를 지는 것을 피하려고 한정된 사람에게만 청첩장을 보냈다. 인친척이나 직장을 제외하곤 평소에 내가 품을 앗아 논 분들 위주였다. 품이 아닌 경우는 평소에 자주 보고 자주 만나는 사람들이었다.

경조사란 역시 품앗이다. 내가 먼저 품앗이의 빚을 졌다면 물론 다음에 나도 갚으면 되겠지만 원래 경조사의 품앗이란 즉석거래나 단기거래가 아니고 장기거래일 수밖에 없으니 일단을 갚아야 할 빚으로 남는 것이 아니가. 청첩장의 남발을 극히 자제했던 이유가 바로 여기에 있었다. 가능하면 청첩장이 세금고지서(?)란 인상을 주지 않을 분에게만 보낸 셈이다. 사실 별다른 큰 연고도 없이 그저 한 두 번 만난 인연으로 청첩장을 마구 뿌리는 사람들을 간혹 보는데 참으로 배짱도 좋고 빚지기를 식은 죽 먹기 식으로 하는구나 싶었다.

신세지기를 싫어하니 술좌석에서도 마찬가지다. 누가 한잔 샀다면 나도 한잔이다. 즉석에서 갚아야 직성이 풀리니 자연 2차로 연결된다. 물론 좋은 버릇은 아니다. 다음에 갚아도 될 일을 굳이 그날 갚아야 하니 이도 결국은 빚지기나 신세지기를 싫어하는 내 결벽성의 발로요 소치라 생각한다.

내 생활에서 이렇게 돈 빚, 외상 빚, 마음 빚이 없으니 내 마음은 항상 가볍다. 언제 누구에게 무엇을 어떻게 갚아야 할 지 고심할 일도 없다.

'외상이라면 소라도 잡아먹는다' 라는 말이 있다. 나에겐 소가 아니라 닭이라도 싫다. 지하의 소크라테스가 원래도 위인들 중 렘브란트, 도스토에프스키, 카라일, 다윈 등과 같이 험한 인상의 추남 반열에 드는데 이젠 더 험한 얼굴로 노발대발할지 모르겠다. 나는 그의 입장을 충분히 헤아리고는 있다. 이렇다 할 가르침의 보수가 없었던 시절이 아니었던가. 그에 비하면 교수로서 나의 직업에는 그에 상응하는 보수가 있으니 구태여 닭 한 마리 빚을 질 일이 없지 않는가. 행복하다.

이런 사정이고 보니 개인이건 회사 건 남의 빚을 물 쓰듯 하는 사람을 보면 밉다. 결국 자업자득의 빚 잔치를 하고 마는 것을 나는 종종 보아왔다. 국가도 마찬가지다.

장자 말씀처럼 들릴지 모르지만 적으면 적게 많으면 많게 빚 없이 형편대로 사는 것이 순리다. 가짜인 목걸이를 멋모르고 외상으로 사 평생 빚을 짊어졌던 모파상의 단편 「목걸이」의 여주인공 이야기는 타산지석이다. 지난 IMF 시절 깡드시의 그 '깡'을 보면서 빚진 국가의 서러움도 나는 똑똑히 보았다.

음치의 고백

나는 노래를 꽤 잘 부르는 사람으로 문단에 소문이 나 있다. 1989년도에 〈스포츠 서울〉에 '유행가에 나타난 세태'란 토요 에세이를 연재하고 나서부터였다. 만나는 사람들로부터 "언제 우리 가요를 그렇게 연구를 했느냐"든지 또는 한술 더 떠 "노래 솜씨도 꽤 있나 보죠"란 황공스런 인사를 많이 받곤 했다.

사실 나는 음치다. 귀가 없는 셈이다.

귀가 없다라고 적다 보니 영국의 저 유명한 수필가 찰스 램의 수필 〈귀에 대하여〉가 문득 떠오른다. 이 수필은 사뭇 독자들의 호기심을 도발시켜 보려는 계산에서 그 첫 문장이 '내게는 귀가 없다'란 충격적인 말로 시작된다.

우선 이 문장을 접한 독자들은 귀 없는 작가 램의 꼴사나운 모습을 떠올려 볼 수도 있을 것이다.

그런데 몇 줄을 더 읽어 내려가다 보면 독자의 상상을 우롱이라도 하듯 실망스럽게도 크지는 않지만 오히려 예쁘장한 귀가 건재하고 있음을 은연중 자랑하면서 그가 그런 충격적인 서두로 시작해 본 것은 다름이 아니라 음악을 감상하는 귀가 없다는 점을 밝히고 있다.

그는 감성적으로는 음의 조화를 즐길 수 있다고 생각하지만 타고난 천성이 어떤 곡조를 다룰 능력을 지니고 있지 못하고 있는 모양이라고 자가 진단을 하고 있다.

가령 영국의 국가인 '신이여 국왕을 살피소서'란 곡을 연습도 해봤고 또 혼자 있을 때에는 휘파람을 불거나 속으로 흥얼거려도 보았지만 그 곡을 제대로 부르지 못한다고 고백하고 있다. 그는 아마 음치 중에도 상음치가 아니었던가 싶다.

이 글을 읽으면서 나는 나의 자화상을 보는 것 같아 동류의식의 동정심이 발동했던 기억이 생생하다.

나는 국민학교 시절에는 제법 노래를 잘 불렀다. 통신표(성적표)를 받아보면 다른 과목의 점수는 별 볼일 없었지만 음악 점수만은 늘 90점 이상이었다. 통신표를 받아 쥔 아버지께서 이놈은 장차 커서 사당패가 될 거냐며 칭찬보다는 볼멘소리를 하시던 게 아직도 귀에 쟁쟁하다.

그리고 대학 시절에는 제법 문과대학생의 멋을 부려 본다고 시내의 음악실 출입도 자주 했다. 토요일 오후나 일요일이면 베토벤의 그 우주적(?) 심각성의 표정을 흉내라도 내듯 침통히 그리고 사색적인 표정과 포즈로 명곡 감상을 즐기기도 했다.

그러나 지금 생각해 보면 나 역시 찰스 램과 같이 감정적으로 음의 조화를 즐길 수는 있어도 어떤 곡을 멋들어지게 불러댈 능력이 없는 사람으로 판명난 지는 이미 오래다.

어떤 자리에서 가수 뺨칠 정도의 실력자를 만나면 시샘이 나고 한편 주눅이 들기도 했다. 내 목소리는 그런 대로 저음으로서 매력(?)이 있다는 소리를 종종 들어왔는데도 어찌된 셈인지 노래만 불렀다 하면 돼지 멱따는 소리로 둔갑하니 기가 찰 노릇이다.

솔직히 고백해 보면 나는 아직도 악보 용어도 잘 모른다. 대학 시절 부산의 '칸타빌레 음악실'을 수없이 드나들면서도 칸타빌레란 뜻조차 몰랐었는데 그 후에 비로소 '노래하듯이'란 뜻임을 알게 되었다.

또 6 · 25 후 문인과 화가들의 만남의 명소로 왕년에 이름을 드날렸던 명동의 '돌체다방'의 '돌체'란 뜻이 '부드럽게' 또는 '우아하게'란 뜻인 것도 모르고 그 다방 이름만은 곧잘 들먹이던 때도 있었다.

악보 용어를 모르니 악보 읽는 법은 더욱 캄캄절벽이다. 박자에 대한 감각이 있을 턱이 없다. 박자에 대한 감각이라도 있었다면 노래는 열외로 하더라도 사교춤에 대한 리듬감각이라도 좀 발달했을 터인데 그것도 아니었다.

한때 30대 초반에 사교춤을 배우러 교습소에 나가 세 번이나 교습비를 고스란히 갖다 바친 적이 있다. 조금 익숙해진다 싶으면 공교롭게도 바쁜 일이 터져 그만두곤 했는데 그것도 큰 이유 중의 하나이지만 사실은 스텝 감각이 엉망이라는 핀잔을 들으니 오기가 발동해 그만 도중하차 해버린 것이다.

악보도 모르니 악기 하나 제대로 다루는 게 없다. 집에 있는 피아노는 적어도 나에게만은 무용지물이다. 현대의 멋쟁이라면 피아노 건반을 두들기면서 한 곡조쯤은 멋들어지게 뽑을 줄 알아야할 텐데 정말 맹물신사가 아닐 수 없다.

이런 나이고 보니 음치로서의 고충이 이만저만이 아니었다. 직장에서 또 니나노판의 친구 모임에서 항상 당하는 고통이었다. 특히 신입생 환영회나 졸업생 사은회가 있을 때 또는 학생들과 M.T를 갔을 때면 으레 노래 지명이 떨어지게 마련인데 정말 바늘 방석이 아닐 수 없다.

18번이라도 하나쯤 있으면 그나마 위기를 모면할 수도 있는데 그것마저 없고 보니 가련할 정도로 거창하게 셰익스피어 작사에다 베토벤 작곡 거기다 이유식 노래라는 우스개로 일단 얼버무리면서 겨우 '찌르릉 찌르릉'으로 시작되는 교통부 주제가(?)나 '학교종이 땡땡땡'으로 시작되는 교육부 주제가(?) 쯤으로 대신해 버리고 만다.

누구에게나 두세 곡의 레퍼토리는 있고 볼일이 아닌가. 노래를 잘하건 못하건 그것은 다음 문제다.

고 박정희 대통령의 18번은 '황성 옛터'였고, 조병옥 박사의 그것은 '매기의 추억'이었으며, 왕년의 정객 고흥문 씨는 정몽주의 '단심가'란 시조창과 민요 '양산도 타령'이었다 하며 역시 왕년의 정객 정해영 씨의 그것은 충무공의 '한산섬 달밝은 밤'이란 시조창이었다고 한다. 문인 정객이었던 한솔 이효상 씨는 '고향무정'(오기택 노래)과 동요 "푸른 하늘 은하수"로 시작되는 '반달'을 즐겨 불렀다 한다.

그리고 문인 중에서 조지훈 선생의 18번은 '기차는 떠난다'였고 미당 서정주 선생의 그것은 '쑥대머리'(김 세레나 노래)였다는 것을 오래 전에 어느 지면에서 읽은 적이 있다.

나도 두서너 곡의 18번 레퍼토리를 준비해 두어야겠다는 생각에 카세트 테이프를 사다가 제법 열심히 연습을 해둔 적이 있다. 이제 겨우 내 노래로 만든 것이 소월시에 곡을 부친 '엄마야 누나야'와 '남쪽 나라 바다 멀리 물새가 나르면'으로 시작되는 '고향초'(장세정 노래)정도이다.

욕심을 내어 1970년대 초에 유행했던 '그 사람 이름은 잊었지만'(박건 노래)과 조용필의 '돌아와요 부산항에'를 꽤 연습도 해보았지만 노래를 하는 중간쯤에 가다 보면 그만 가사가 생각이 나지 않아 실패한 적이 한두 번이 아니라서 결국은 포기하고 말았다.

이런 음치가 가사에 관한 테마 에세이를 썼으니 정말 아이러니가 아닐 수 없다. 친구들은 농담 삼아 문학평론가는 작파하고 가사평론가로 전향하려느냐고 농을 걸어오기도 하는데 어쩌면 노래를 못하는 이 음치의 보상심리가 그런 쪽의 관심으로나마 발전한 것이 아닐까.

200홀의 나의 골프장

골프의 기원에 관해서는 정설이 없다. 일설에 의하면 양치는 목동이 한가할 때에, 양을 모는 데 사용하는 굽은 막대기로 나무 조각이나 잔돌을 치며 놀던 데에서 유래되었다고들 한다.

그러나 근대 골프는 14세기 후반에 네덜란드에서 발생하여 그것이 영국으로 건너가 발전하였다는 것이 정설이 되고 있다. 이것이 다시 미국으로 전파되기는 18세기경이며 그후 오늘날에 이르고 있다.

우리 나라에 골프가 들어온 것은 3 · 1운동의 해인 1919년이다. 미국인 H.E.덴트가 효창공원에 9홀의 약식 골프장을 시설한 데에서 비롯되었다. 그리고 70년대에만 해도 골프는 사냥이나 승마와 더불어 고급 놀이로서 특수층의 운동이었다. 그러던 것이 80년대부터는 골프 인구가 저변 확대되어 이제는 놀랄만한 수로 불어났다. 불과 7, 8년 사이에 전국에 수십개의 신규 골프장이 우후죽순처럼 생겨난 것만 보아도 가히 짐작이 갈 법하다.

이런 추세인지라 웬만한 좌석에라도 끼이고 보면 골프 이야기가 거의 화제의 단골 메뉴가 되어 있다. 60대의 나의 동창들 모임에 가 보아도 역시 마찬가지다. 안부 이야기, 사업 이야기를 하다 화제가 진하면 골프 이야기로 비약되기 일쑤다. '핸디'가 얼마가 된다느니 또 '홀인원(Hole in One)'을 한번 쳐봤으면 죽어도 한이 없겠다는 등의 말을 자주 듣는다.

골프가 보편화 되어 있는 이 '보통 사람'들의 시대에 비록 공자 앞에 문자 쓰는 격이긴 하지만, 나처럼 골프와는 거리가 먼 독자들을 위해 들은 풍월이나마 읊조릴까 하니 나의 조그만 친절을 용서해 주길 바란다.

'핸디'는 핸디캡(Handicap)의 약어인데 바둑으로 보면 급수에 해당된다. 17급의 바둑이 16급에 비해 잘 못 두듯이 핸디 17은 16에 비해 잘 못 치는 사람이다. 바꾸어 말해 아마츄어의 세계에서는 핸디가 적으면 적을수록 잘 친다고 보면 된다. '홀인원'은 글 뜻 그대로 공을 한 번 때려 홀에 넣는다는 뜻인데 이것이 가능할 수 있는 홀은 홀과 홀의 거리가 짧은 이른바 숏 홀(Short Hole)에서만 가능한 일이다. 마치 주택 복권을 사서 일등에 당첨되는 행운을 잡듯이 골퍼들에게는 일생 일대의 행운의 스트로우크(Stroke)다. 그러니 그 얘기라면 아마츄어 골퍼들에게는 입에 침이 마르지 않을 수 없는 미끼다.

그런데 내가 여기서 이 정도의 상식이라도 늘어놓을 수 있는 것은 한때 시내에 있는 인도어(Indoor)에 가서 연습을 좀 해본 경험과 친구 따라 이른바 그린 코스(Green Course)에 두어 번 따라 가본 경험이 있기 때문이다. 이런 나이고 보니 친구들이 골프 이야기를 맛있는 특제 안주감으로 삼을 때 나는 마냥 꿀먹은 벙어리가 되어 애꿎은 술잔만 괴롭힌다. 그러다가 문득 자기들만이 골프 이야기에 열중했다 싶으면 미안해서 그런지 또 가여워서 그런지 의례적인 선심 질문을 던지기도 한다.

"자네 골프를 치나?

"암 치고 말고. 200홀을 치지."

"200홀이라니 그게 무슨 말인가?'

나의 대답은 배알이 꼴려 그야말로 그들을 좀 골려주자는 뒤틀린 심보에서 나온 말이다. 그들에게 구태여 기까지 죽을 필요는 없지 않은가. 꿀 먹은 벙어리처럼 앉아 있는 나의 처지를 동정해서 "자넨 골프 안 치는가?"라고 묻지 않은 갸륵한 그 우정을 생각할 때 나의 대답은 적반하장격이라 미안한 생각이 들지 않는 것은 아니지만, 친구지간이니까 좌중에 농담이라도 던져 나도 그 화제에 끼고 싶은 마음에서였다고나 할까.

'핸디' 건 '손디'(?) 건 그 어느 것도 없는 나로서 200홀을 친다고 했으니 친구들은 첫째 200홀이란 말에 당황할 수밖에 없었으리라. 도대체 몇 바퀴를 돈단 말인가. 18홀의 표준 골프 코스로 본다면 무려 11바퀴를 돈다는 말이 아닌가. 그것은 내가 글을 쓴다는 것을 골프에 비유해서 해본 말일 뿐이다. 200자 원고지에 한자 한자 메꾸어 나가는 것이 바로 200홀을 쳐 넣는 정신적 골프 치기가 아니겠느냐고 주석을 달아 주면, 그때야 비로소 고개를 끄덕이며 한바탕 웃음꽃을 피운다. 그리고는 브라보다.

솔직히 말해서 나는 골프를 칠 여유와 시간이 없다. 그리고 골프가 운동 겸 고급 사교의 중매장이라고들 하는데 내가 사업이라도 하는 사람이라면 몰라도 가르치고 글쓰는 사람으로서 그것은 너무 사치하다. 어마어마한 입회비에다 그때그때 필요한 비용을 생각하면 좀처럼 엄두를 낼 수 없다.

그러나 더 중요한 것은 농담 삼아 한 말이긴 하지만 내 나름의 200홀을 쳐야하기 때문이다. 행여 잡문이라도 청탁 받으면 학교를 왔다 갔다 하면서 구상하느라 일주일이 다 간다. 200홀의 출전 D데이는 역시 토·일요일뿐이다. 그렇다면 스스로 자위할 도리 밖에 무슨 별수가 있겠는가.

친구들이 툭 트인 야외의 골프장에서 푸른 하늘, 푸른 잔디밭의 그린 필드(Green Field)에서 한홀 한홀 공을 넣어 간다면, 나는 책상 위의 화이트 필드(White Field)(원고지)에다 한자 한자 글을 메꾸어 가는 것이 나의 팔자소관이라 할 것이다.

오늘도 200홀의 '홀인원'의 행운이나 꿈꾸면서 원고지에 매달려 본다. 어디서 한 줄기 시원한 바람이 불어온다. 그것은 그린 필드에서 불어오는 바람이 아니라 내 정신의 숲에서 불어오는 솔바람인가 보다.

와이키키 해변의 어느 오후

알로하(Aloha), 야자수, 훌라춤, 상하常夏의 나라 하와이를 몇 년 전에 다녀왔다. 5박 6일간의 일정으로 학장과 몇몇 교수들이 호놀룰루에 있는 카피올라니대학과 자매결연식을 맺기 위한 출장여행이었다.

하와이는 평소 한번 가보고 싶었던 곳이다. 50년대 말에 흰색이나 회색계열만 즐겨 입던 우리의 셔츠패션에 처음으로 컬러풀한 색상의 알로하셔츠가 유행해 나도 색다른 멋으로 하나 사 입고 하와이풍을 흉내내 보며 그곳의 풍광을 상상해 보며 동경하는 마음도 가져 보았다. 또 비슷한 시기에 「하와이안 훌라 아가씨」란 노래가 유행했는데 이 노래를 부르면서 훌라 아가씨의 멋들어진 엉덩이춤을 그려보기도 했다.

우리는 KAL기 편으로 떠났다. 기내에서 나는 미리 준비해 간 하와이 안내 책자를 꺼내 좀 봐 두었다.

하와이제도가 문명국에 알려진 것은 1778년 영국인 탐험가 제임스 쿡에 의해서였고, 그 당시 원주민은 약 33만 명이었고 추장들이 지배하는 사회였다.

이런 추장사회가 왕국으로 성립된 것은 1795년도였다. 카메하메하 추장이 전 하와이섬을 통일하여 왕국을 수립하고 제1세대왕이 되었다. 그로부터 약 100년간 8대에 걸친 하와이왕조가 시작되었다. 왕조의 초기에는 수도가 마우이 섬의 라하이나였으나 카메하메하 3세 때인 1850년에 지금의 호놀룰루로 옮겼다.

그리고 1893년 혁명에 의해 하와이 왕조는 붕괴되어 공화국으로 되었다가 1897년 미국 의회에서 하와이 합병안이 통과되었고 1959년에는 50번째의 주로 승격되었다.

일반적으로 하와이하면 하와이섬을 말하는 것이 아니라 하와이 제도를 말하는데 전부 24개 섬으로 이루어져있고, 17개 섬은 무인도이고 유인도는 수도 호놀룰루가 있는 오아후 그리고 마우이, 하와이, 카우아이, 니하후, 몰로카이, 라나이 등 7개 섬이다.

8시간의 비행 끝에 호놀룰루 공항에 도착하여 곧바로 와이키키 해안변에 있는 호텔로 가 여장을 풀었다. 5박 6일 중 자매결

연식을 하는 날을 제외하곤 호놀룰루 시내관광과 오아후섬 일
주관광을 즐겼다.

특히 이 중에서 아직도 감동적으로 남아 있는 기억은 주청사
안에 세워져 있는 다미엔 신부의 동상을 보며 들었던 이야기다.
몰로카이섬에 수용된 나병환자들과 함께 생애를 보내고 끝내
그도 나병환자가 되었다는 그 이야기는 실로 인류애와 봉사애
의 극치로서 나는 그 이야기를 들으며 나만 알고 내 가족만 늘
생각하는 나의 이기심이 무척 부끄러워졌다.

가장 아름다운 곳은 하나우마 만이었다. 해상공원으로 지정되
어 있고 해수욕장으로도 유명한데 '굽어져 있다' 는 뜻으로 절벽
아래 문자 그대로 완만한 곡선을 그리고 있는 해변은 절경중의
절경이었다. 왕년의 가수 엘비스 프레슬리가 주연한 영화 「블루
하와이」의 로케장소가 된 이유를 비로소 실감할 수 있었다. 산
호의 바다에 수영객과 열대어들이 어울려 노는 광경은 그야말
로 자연과 인간이 합일된 원시의 선경이요 낙원 같은 세계였다.

그리고 이 여행길에서 한 가지 배운 것도 있다. 오아후섬 일주
여행길에 둘러본 폴리네시안 문화센터에서 홀라춤의 설명을 듣
고 실습도 해봤다. 동작 하나 하나 그리고 손과 팔의 모양에 각
각 춤언어가 있다는 것을 처음으로 알게 되었다.

기뻤던 일이라면 하와이대학에서 있었던 일이다. 나의 평론집
이 그 곳 도서관에 비치되어 있다는 사실을 알고 무척 기뻤다.

이보다 훨씬 앞서서는 하바드대학에 교환교수로 1년간 머물다 돌아온 평론가 겸 서강대 교수인 이재선 박사로부터 나의 책이 그곳 도서관에 있더라는 이야기를 직접 듣고 힘들지만 글을 쓰는 보람 같은 것을 느낀 적이 있었는데 또 하와이대 도서관에도 나의 책이 비치되어 있구나 싶으니 여간 즐거운 일이 아닐 수 없었다.

그러나 뭐니 해도 가장 생생한 기억은 와이키키 해변에서 보낸 시간이다. 입국 전날 오후, 다른 일행들은 쇼핑을 떠났지만 나는 같은 과의 젊은 교수(윤광희)와 단 둘이서 오후를 거기서 즐겼다. 세계적으로 이름난 해수욕장에서 난생 처음으로 태평양의 바닷물에 몸을 한번 맡겨 본다는 것은 짜릿한 흥분과 추억이 아닐 수 없다.

와이키키 해변이 나를 끌어들인 강렬한 유혹은 현장의 이국적인 풍경이나 풍물도 있었지만 그보다는 60년도를 전후해서 내가 본 영화 〈지상에서 영원으로〉에서 받은 어떤 씬의 강렬한 인상도 작용했다.

이 영화는 제2차 대전이 일어나기 직전 호놀룰루에 있는 미군 기지를 배경으로 한 영화이다. 부대장의 아내 역으로 나온 데버러 커는 멋대가리가 없고 냉혹하기만 한 남편에게 진저리가 나 결국 이 남자 저 남자 교제를 하던 중 남편 부대의 선임하사 역으로 나온 버트 랭커스터와 달콤한 데이트를 즐긴다. 그들이 모래사장에 드러누워 처음으로 격렬한 포옹과 키스를 나누던 곳이 바로 이 와이키키 해변이다.

나는 그 날 이 영화 속의 이 장면을 흉내라도 내듯 금발의 미녀들과 대화를 나누며 수영을 즐겼다. 그리고 잠시 야자수 그늘 밑에서 쉬고 있는데 우연히 수영을 하려고 나온 하와이 한국인 이민 3세를 알게 되었다.

그를 통해서 하와이 이민사를 소상히 들을 수 있었다. 1900년대 초에 시작한 하와이 농장이민이 1905년 말까지 이어져 약 7천 3백 명이 왔는데 처음에는 큰돈을 벌어 보겠다는 큰 꿈을 안고 왔지만 기다리는 것은 사탕무와 파인애플 농장에서의 중노동뿐이었다.

그는 자기 할아버지가 바로 이민 1세대인데 할머니를 이른바 '사진결혼'에 의해 맞이했다는 것이다. '사진 결혼'은 고된 일을 하는 막일꾼들의 외로움을 달래기 위한 미국인 농장주들의 아이디어였다. 1910년부터 1925년까지 이처럼 사진 신랑을 찾아 하와이에 도착한 사진 신부는 모두 950여 명이었다.

나는 이 이야기를 들으며 눈에 비치는 화려한 와이키키 해변 풍경과는 달리 마음 한구석이 차츰 숙연해지기 시작했다. 불운했던 지난 역사의 한 페이지를 듣는 기분이었다.

순간 바람이 차츰 거세어지며 높은 파도가 몰려오는 것이 보였다. 인생이란 참으로 무상하단 생각이 들었다. 이 해변의 모래알 같은 것이 인간의 목숨일진대 왜 사람들은 아웅다웅 으르 렁거리며 돈을, 권력을, 자리를 탐하는가도 싶었다. 내가 앉아 있는 이 자리의 흔적이나 내가 밟았던 모래사장의 발자취도 언제 그랬냐는 듯이 파도에 밀려 자취도 없이 사라지리라 생각하며 나도 언젠가는 그런 길을 밟으리라 생각하니 마음이 허전했다.

그 분과 헤어지고 우리는 곧장 호텔로 돌아왔다. 돌아오는 길에 어차피 하와이 사람들도 한순간 이 세상을 살다 떠나겠지만 그래도 환경오염에서 자유로와 천혜의 자연을 마음껏 누리며 사는 사람들이구나 싶으니 한편으로는 부러움도 들었다.

간이 커진 세상

우리말에는 '간' 과 관련된 비유적 표현이 너무나 많다. '간' 과 심리적 반응관계를 두고 임상실험을 해본다면 정말 흥미 있는 연구결과가 나오리라 상상해 본다.

용기나 배짱이 있는 경우를 두고는 '간이 크다' 이고, 반대는 '간이 작다' 이다. 겁 없이 만용을 부릴 때에는 '간덩이가 부었다' 이고, 간사스럽고 약삭빠르기 이를 데 없으면 '간을 빼줄 듯이' '간 빼먹을 놈' 이라 한다던지, 자존심을 버리고 산다면 '간을 빼놓고 지낸다' 이다. 답답한 심정이면 '간에서 불이 난다' 이고 놀라거나 겁을 먹었을 때라면 '간이 떨어지고' '간이 오그라붙고' '간이 콩알만 해진다' 이다.

'간' 에 관한 이런 다양한 표현들을 떠올려 보다 보니 문득

'간'과 사회발전이나 문명의 발달과의 함수관계가 생각난다. 한 마디로 사회가 발전하면 할수록 또 문명이 발달하면 할수록 비유적으로 말해 모든 생명체의 '간'이 비례적으로 커진다는 사실이다. 사람들의 '간'은 말할 것도 없지만 덩달아 네발짐승이나 날짐승에서부터 벌레나 세균에 이르기까지 모두가 그렇다.

도적도 요즘은 '간이 큰' 도적들이 횡행하고 있다. 지난 시절에는 감히 엄두도 내지 못했던 은행털이, 창고털이, 인삼밭털이, 목장의 소몰이털이가 '내 큰 간'을 보란 듯이 신문을 장식하고 있다. 강도도 '밤손님'이 아니라 '백주의 강도'화 되고 있다. 사기도 대형화되어 남의 임야를 감쪽같이 팔아먹는 일들이 비일비재하다. 살인사건도 너무나도 흉악할 정도로 '간 큰' 살인사건이 자주 일어나고 있다. 목숨을 건 폭주족들이 굉음을 내며 간덩이가 부은 채 밤거리를 달리면서 심지어 단속경찰을 조롱하고 있다.

여성의 의상패션도 차츰 간이 커져 심한 노출현상이 남성들의 눈을 심히 괴롭히고 있다. 여성의 속살이 그대로 내비치는 이른바 '씨-드류-룩'(See-Through-Look)의 유행, 아슬아슬한 핫팬츠의 착용, 침실에서나 입을 법한 속옷의 유행, 민망할 정도로 짧은 미니 스컷, 배꼽티, 남성들의 시선을 감질나게 하는 스릿 스컷(slit skirt)의 유행 등이 모두 그렇다.

그런가 하면 셔츠의 단추를 서너 개씩 풀어헤치고 당당히 활보하는 여성들이 해가 갈수록 더해 가고 있고 또 티셔츠와 니트의 V자형이나 라운드형 목선은 그 어느 때보다 아래로 깊이 파여 있어 가히 유혹적이다. 또 스판소재의 티셔츠나 블라우스로 보는 이의 시선을 오로지 가슴 쪽으로 집중시키는 의상의 유행은 불룩한 내 젖가슴을 봐달란 듯이 남성들의 눈에 도전해 오듯 압박하고 있다.

가만히 생각해 보면 오늘날 성폭력이 크게 사회문제로 자주 거론되는 데에는 그 직접적인 원인제공이 물론 남성들이나 디자이너들에게도 있겠지만 수요와 공급의 원칙에서 보면 섹시 이미지 강조의 의상을 즐겨 입는 여성들에게도 그 간접적인 책임도 있다.

성폭력이라면 강간이나 강간미수에 그친 강제행위를 말하는 '성폭행'이 있고, 완력이나 협박 등 물리적 힘을 이용해 은밀한 부위를 만지는 '성추행' 그리고 신체접촉이나 음란한 농담으로 성적 굴욕감을 주는 '성희롱'이 있다.

여기서 일단 '성폭행'은 열외로 하더라도 적어도 '성추행'이나 '성희롱' 같은 것은 일시적 충동에서 일어날 수 있는 일인만큼 성적 충동을 자극할만한 섹스 이미지 강조 의상은 남성들의 성적욕구를 시각적으로 부채질하고 있는 셈이다. 그렇다면 노상 성폭력의 책임을 남성에게만 돌릴 일이 아니라 여성들에게도 응분의 책임이 있다는 뜻이 된다. 견물생색심見物生色心이 바로 이 경우에 적용된다고 볼 때 '간 큰' 섹스 이미지 강조의 의상은 재고되어야 하리라 본다.

사람들만 '간이 커' 진 것이 아니다. 날짐승도 간이 커졌다. 참새 떼들도 간이 커져 웬만한 소리에는 꿈쩍도 않는다. 지난 시절, 벼논의 새 쫓기를 할 때 대로 만든 '딱딱이' 이나 아니면 '훠어이 훠어이' '후~여~후~여~' 라는 고함소리로도 새를 잘도 쫓았으나 이제는 소리에 중독이 되어서인지 화약총을 쏘아 올리지 않으면 안 될 지경이 되었다.

산림이나 농작물의 해충들도 그렇다. 내성이 생겨 간이 커졌다. 방제약이 해가 가면 갈수록 고단위로 독성화 되고 있다. 가령 벼멸구만 해도 지난 시절에는 논에다 석유를 뿌려 주기만 하면 피해를 막았는데 이제는 석유로는 어림도 없다.

또 바이러스균만 해도 그렇다. 지난 시절에는 감기몸살이 났다면 소주에다 고춧가루를 타서 마시거나 아니면 꿀물이나 설탕물을 마시고 치한을 하며 하룻밤만 자고 나면 만사형통이었다. 그런데 이제는 병원신세를 지지 않으면 속수무책이다.

이 모든 현상들은 중독이나 내성이 생기면 생길수록 '간이 커진다' 라는 증거다. 그렇다면 중독이나 내성을 어떻게 최소화할까 바꾸어 말해 간 커짐을 어떻게 억제할까가 바로 현대 문명사회의 큰 과제가 아닐까 싶다.

간은 작을수록 좋다. 특히 간 큰 남자, 간 큰 여자들이 많으면 많을수록 우리 사회는 시끄럽다. 문제가 많아진다. 「별주부전」의 토끼처럼, 간을 빼놓고 산다 할 필요야 없겠지만 마음으로 간이 부어 커졌다면 간경화증 치료를 받을 필요가 있지 않을까?

돼지가 효자 될 줄이야

　사람 목숨을 구해준 갸륵한 동물로 옛 이야기와 전설에 곧잘 나오는 것이 소, 개, 거북이다.

　그런데 이제 얼마 있지 않으면 현대판 설화에 효자 돼지가 등장할 모양이다. 장기이식용 돼지다. 이식용 장기가 부족한 것은 세계 각국의 일반적인 현상이다. 뇌사자들이 제공해 준 장기를 받아 새 생명을 찾은 사람은 극히 일부에 불과하다. 전 세계 과학자들은 이런 장기 부족난을 극복키 위해 60년대부터 연구해왔지만 포유동물의 장기와 사람의 장기는 크기나 기능이 다르고 이식 후 거부감도 커 동물 장기 이식치료는 진전을 보지 못했다.

　그러나 97년 최초의 복제양 '돌리' 탄생 이후 새로운 계기를 맞았다. 일부 동물의 경우 세포핵을 난자에 넣어 복제하는 과정에서 유전자를 일부 조작하면 인체 이식 후 거부감을 줄일 수 있다는 것이 밝혀졌다. 그것이 바로 돼지를 통한 인공적인 복제 돼지의 임신 성공이었다. 인간에 가까운 원숭이 등 영장류보다 오히려 돼지의 장기가 인체 이식용에 가장 적합하다는 연구결과가 오래 전에 나왔다. 간, 심장, 콩팥, 췌장 등 돼지 장기의 크기와 피부는 인간의 그것과 비슷하여 인체에 이식한 후 거부감을 줄일 수 있도록 하는 유전자 조작이 다른 동물에 비해 비교적 쉽다는 것이다.

이러고 보면 복제 돼지의 탄생도 그리 오래 걸리지 않을 것이며 또 그 돼지들의 장기이식을 받아 생명을 연장할 사람도 수 없이 생겨날 전망이다.

그 참으로 그 얼마나 고마운 돼지인가. 사람에게 장기를 제공해줄 유일한 동물이 바로 돼지일 것이라는 사실에 우리는 실로 명암이 교차한다.

그 동안 돼지는 그 얼마나 박대와 박해를 받아 왔던가. 첫째 종교적으로도 조상을 잘못 둔 탓으로 가혹한 박대를 받아왔고 또 그렇지 않은 경우라도 고기를 주고 털과 가죽을 제공해 주는 데도 이율배반적으로 온갖 수모를 당해왔다. 역설적으로 종교 때문에 돼지들이 자유를 구가하고 사람들의 먹잇감이 되지 않았다고 쾌재를 부를 수도 있었겠지만 식탁 위의 사랑을 독차

지했던 다른 동물들에 비하면 불운한 운명이요 팔자였다. 이슬람교, 유대교, 힌두교는 돼지고기의 식용을 금하고 있다.

이슬람의 코란에는 '시체와 피와 돼지고기 그리고 신 이외의 이름으로 도살된 것은 먹지 말라' 하였다. 돼지는 가축 가운데서 가장 성질이 탐욕스럽고 똥과 같은 더러운 것을 먹기 때문에 불결하여 이것을 먹으면 전염병에 걸리기 쉽다는 식품위생학적 생각에서였다 한다. 이슬람교도들은 돼지고기는 물론이지만 기름, 피도 쓰지 않고, 돼지털이나 돼지 가죽 제품에도 손을 대지 않으며 심지어 상품 마크로서 돼지가 그려져 있으면 절대 사지 않을 뿐 더러 돼지고기를 먹는 사람과는 그릇도 함께 쓰지 않는다.

유대교도 비슷하다. 종교적 신념에 따라 돼지고기를 먹지 않는다. 구약 레위기 11장과 17장에는 음식에 관해 규정한 기본원칙들을 밝혀 놓고 있는데 이 원칙을 그들은 수천 년 간 충실하게 준수해 오고 있다. 짐승들 중에서 먹을 수 있는 것은 발굽이 갈라져 있음과 동시에 되새김질하는 것에만 한정되어 있다 약대와 토끼는 새김질은 하되 굽이 갈라져 있지 않아 먹지 않으며 반대로 돼지는 굽은 갈라져 있으나 새김질을 하지 않기 때문에 못 먹게 했다. 심지어 만지지도 말라고까지 하고 있다. 구약의 이런 음식 유례는 신약 이후도 어느 기간까지는 유습처럼 지켜졌으리라 본다. 신약성경 마태복음의 산상수훈에서 예수가 제자들에게 '진주를 돼지 앞에 던지지 말라' 고 한 말의 배경만을 보아도 짐작이 되리라 본다. 구약의 관습에 따라 돼지를 욕심 많고 불결한 동물로 보고 있는 것이다. 돼지고기로 만든 포크나 햄이 일반화되기 전까지 적어도 서양의 기독교 문명국에서도 돼지는 금기시 된 운명이었음에는 틀림없다.

비단 종교상으로만 천대를 당해온 것은 아니다. 동서양을 막론하고 일상 언어 생활에서도 형편없는 취급을 받고 있다. 속담이나 비유적 욕설에서이다.

속담을 보면 '돼지 목에 진주목걸이' '돼지에 주석편자' '돼지에 갑옷'(Hog in armor) 등이 나오는데 어울리지 않는다는 뜻이며 또 희한한 일이 다 있다는 뜻에서 '돼지가 하늘을 날겠군'(Pig might fly) 등도 있다.

뿐만 아니라 비유적 표현이나 욕에서도 자주 등장한다. 돼지처럼 먹는다, 돼지 새끼처럼 우굴 댄다, 돼지처럼 제멋대로 군다 등이다. 그리고 돼지라는 단어 자체도 비속어의 욕으로 쓰이고 있다. 영어에 돼지라는 뜻으로 쓰이는 단어가 세 개가 있다. Hog는 식용의 큰 돼지를 말하며, Pig는 일반적인 뜻의 단어이고, Swine(스와인)은 문어文語다. Pig는 돼지 같은 놈, 불결한 놈, 탐욕스런 놈으로 쓰이고, Swine역시 야비한 놈, 욕심꾸러기 정도로 쓰이는데 이는 우리말의 용례와 꼭 같다.

단 예외가 있다면 '돼지꿈'이다. 태몽이나 길몽, 횡재 꿈으로 해몽하고 있다. 아침에 일어나 간밤의 돼지꿈에 행여 오늘 무슨 좋은 일이 있을까 하고 내심으로 휘파람을 불며 출근길에 올라 본 사람도 많을 것이고, 또 행여 오늘 무슨 횡재수가 있겠다 싶어 복권을 샀다가 희비가 엇갈린 경험쯤 누구나 한두 번은 해보았을 것이다. 또 이런 발상에서 저금통의 복 돼지가 복을 가져다준다고 사랑을 받아왔다.

이외에는 돼지야말로 온갖 괄시를 받아왔고 온갖 천대를 받아왔다.

그런데 그 불운을 보상받을 날이 곧 올 모양이다. 돼지에게서 장기이식을 받을 날이 멀지 않다니 정말 오래 살고 볼일이다. 미래의 장기이식 수술환자에겐 복제돼지의 탄생이야말로 복돼지요 돼지꿈이며 효자돼지다. 돼지에게 과거의 잘못을 진심으로 속죄해야 할 판이고 돼지 님으로 불러 마땅하리라 본다.

과연 힌두교인이나 이슬람교인 그리고 유대교인들이 죽어가면서까지 복제돼지의 장기이식을 거부할 지가 참으로 궁금하다. 뻔히 복제돼지의 장기만 이식 받으면 생명을 건질 수 있을 텐데 오로지 종교적 관습 하나만으로 죽어 간다면 그것도 종교의 죄악이 아닐까 싶다.

시대가 변하고 환경이 변한다면 당연히 종교적 신념이나 관습도 탄력적으로 변해야 할 것이다. 천동설만 오로지 믿었던 중세의 종교적 신념에서 지동설을 수용한 코페르니쿠스적 전환이 있었던 점을 우리는 상기해 볼 필요가 있다.

똥·똥·똥타령

점잖치 못하게 똥 이야기냐고 누가 핀잔을 줄는지 모르지만 가만히 생각해 보면 언어생활에 미친 똥의 문화학(?)은 참으로 놀랍고도 놀랍다. 우리 한국사람들의 똥에 관한 연상력과 상상력은 가히 초헤비급이라 속담이나 욕, 속어, 비유나 비유어 그리고 동물과 식물이름 등에서 너무나 자주 나오고 있으니 우리의 언어생활에서는 가히 무소불위라 이를 만하다.

참 이상도 한 일이다. '처가집과 변소는 멀어야 한다'고 해놓고는 똥을 너무 가까이 하고 있다 고나 할까. 1881년, 그러니까 고종 18년에 조선에서는 쇄국의 문을 열고 문호를 개방하고 외국의 신문화를 받아 들여야 한다는 뜻에서 내노라하는 양반(신사) 10여명을 '신사유람단'이라 하여 일본에 보낸 적이 있다.

그들은 아마 일본식 주거문화에서 화장실이 집안에 있는 것을 보고 처음에는 질겁을 했으리라 상상해 보며, 변소간에 앉아서는 역시 게다짝들은 상놈들이라 할 수 없군 하며 혀를 끌끌 찼으리라 본다.

그런데 왜 우리는 변소간은 멀면서도 유별나게 똥을 그렇게도 자주 들먹이고 있었을까? 곰곰이 생각해 보면 물론 이해되는 바가 없지는 않다. 농경사회 시절이나 농본사회에서는 똥이 큰 몫을 차지한다. 어느 민족이나 매일 똥이야 싸겠지만, 특히 해양민족이나 유목민족이 아닌 우리는 똥을 퍼내어 농작물에 매일 똥거름을 주었으니 어찌 똥과 가깝지 않았겠느냐 싶다.

그러다 보니 똥의 연상력과 상상력도 유별나게 발달되었으리라 본다. 그러나 아무래도 도가 지나칠 정도인 것 같다. 여기서 마음놓고 똥타령 사설을 늘어놓으려면 시간이 부족할 정도다.

속담에도 똥속담이 많다. 서양 속담과 비교도 해보았는데, 서양 속담에서는 밥의 뉘 정도이라면 우리 속담에는 무려 20여 가지가 나오고 있으니 가히 놀랄 노릇이다. '개가 똥을 마다 하겠나', '개똥도 약에 쓰려면 없다더니', '똥뀐 놈이 성낸다', '똥이 무서워 피하나', '방귀가 잦으면 똥 싼다' 등 참으로 많다. 서양 속담에서는 '양치기는 신사가 되어도 양 냄새가 난다', '내를 건너고 나면 신神을 잊어버린다', '굴뚝 청소부가 석탄 캐는 광부보고 얼굴 씻으라 한다' 라고 하는데 이에 상응하는 우리 속담에서는 '똥은 말라도 구린내 난다', '똥 누러 갈 적 마음 다르고, 올 적 마음 다르고', '똥 묻은 개가 겨 묻은 개 나무란다' 가 아닌가.

또 비유어나 비유를 한번 보자. 똥별, 똥값, 똥벼락, 똥뱃장, 개똥번역, 똥통학교, 개똥상놈, 닭똥 같은 눈물을 위시하여, '똥줄 당기다', '똥끝이 탄다', '똥칠을 당했다', '똥줄 빠진다', '똥깨나 뀐다', '똥 빠지게 일하다', '머리에 쇠똥도 안 벗어진 놈', '핫바지 방귀 새듯', '돈에 똥독이 오른 놈', '똥오줌도 못 가리는 놈' 등이 일상 대화에서 자주 입에 오르내리고 있다.

또 속칭(속어)도 똥과 관련된 말이 많다. 형사를 '똥파리', 헌 차를 '똥차', 누런 색깔을 '똥색', 튀어나온 배를 '똥배', 잡종 개를 '똥개', 위나 밥통을 '똥집', 매춘부를 '똥치', 양갈보의 반대를 '똥갈보', 설사를 '물똥' 이라 하지 않는가. 그리고 군인 계급장을 보고 위관급이나 장군급인 경우는 다이아몬드니 스타니 하는데 영관급은 그만 말똥이다. 말똥이 하나니, 둘이니, 셋이라고 했다.

욕에도 똥욕이 더러 있다. 물론 서양욕에도 똥과 관련된 욕만은 더러 있다. 이에 뒤질세라 '똥통에 빠져 죽을 놈', '똥새끼', '개똥자식', '똥돼지 같은 놈', '똥이나 빨아라', '피똥이나 싸고 뒈져라', '남의 똥이나 주워 먹을 놈' 등과 같은 표현이 우리에게도 있다.

동식물 이름쪽으로 가보자. 똥방개, 똥돼지, 똥파리, 말똥가리, 방귀벌레, 말똥성게, 개똥쥐바퀴, 애기똥풀, 쥐똥나무, 보리똥나무가 나온다.

비단 이런 것만이 아니다. '불똥'도 튀고, '물똥'도 튀며, 잇똥이 누렇고, 귀똥도 차며, 콧똥도 낀다. 왜 눈곱을 눈꼽똥으로, 발꼽때를 발꼽똥이라 하지 않는지가 오히려 수상스럽다. 뿐만 아니라 아명에도 똥이 나온다. 어른들은 귀한 자식일수록 천한 이름을 불러 주어야 무병장수 한다는 속신에서 '개똥이', '쇠똥이', '똥개'라고 부르지 않았던가. 이런 작명발상에서 방영웅의 「분례기」란 소설에서는 '똥례', 한문으로 불러서는 '분례'란 주인공이 나오기도 했다. 종이도 백로처럼 희다고 백로지라는 예는 있었지만. 질과 색깔에 따라 조잡하고 거무스럼한 재생지를 '쇠똥종이', 짚을 원료로 한 누르스럼한 두터운 종이를 '말똥종이'(마분지)라고 불렀던 때도 있었다.

이러다 보니 심지어 먹는 것에다가도 함부로 똥을 갖다 붙이는 언어관행도 생겨났다. 닭똥집, 개똥참외가 바로 그런 예다. 그런가 하면 가장 낭만적일 수 있는 밤하늘의 유성조차 '별똥별'이 아닌가. 또 눈물마저 '닭똥 같은 눈물'이라니 가히 그 상상력과 연상력은 일러 무삼하리오다.

말에도 말의 예법이 있다. 더럽고 추하거나 또 이상한 성적 상상을 자극할 수 있는 표현은 가능한 한 다른 말로 바꾸어 말하는 것이 예법이요 예의다. 서양사람들은 똥운반차를 '꿀차' (honey cart, honey wagon)라고 하기도 하고, 똥을 실어 나르는 배를 '꿀배'(honey ship)라고 하기도 하며, 또 변소를 '화장실'(toilet), '휴식소'(rest room) 또는 '남자의 방'(men's room). '여자의 방'(women's room)이라 하고 또 우리 나라의 절에서 '해우소'解憂所란 간판이 있는 곳이 바로 변소간이 아닌가. 그리고 서양사람들은 용변을 보고 싶을 때 'Nature calls me' 라고 들 한다. 이때 'nature'는 자연이 아니라 '자연현상' 또는 '생리현상'의 뜻이다.

아주 오래 전 일이다. 일본에서 어느 상선회사인지 아니면 여객선 회사에서인지 기억은 정확하지는 않지만 아무튼 배이름을 처음에 '찌찌마루'라고 명명하여 진수했다가 여론에 몰려 그만 이름을 바꾼 적도 있다. '찌찌'는 여자의 유방을 연상시킨다는 것이었다. 우리 나라에서도 이와 비슷한 예가 과거에 있었다. 모 음료수 회사에서 열대과일 '망고'를 수입하여 '망고C'라는 브랜드를 내놓았다가 특히 일어세대의 여론이 분분하자 이름을 바꾸어 버렸다. 그것이 '망과C' 였다. '망고'는 여자의 음부를 뜻하는 '오망고'가 연상된다하여 퇴출당하고 말았다.

아무튼 똥비유, 똥속담, 똥속어, 똥욕 등은 가능하면 문화국민으로서 위신을 생각해서라도 자제할 필요가 있을 것 같고 나아가 특히 똥과 관련 있는 일부의 명칭은 새로운 이름으로 바꿔

볼 필요가 있는 것 같다.

사실 이 글을 마무리하려다 보니 문득 우리의 주변이 온통 불신과 거짓말, 부패가 코를 찌르는 세상이란 느낌이 든다. 비록 이 글의 주제로 보아서는 아이러니일런지는 모르지만 문자 그대로 똥 같은 세상에 똥 타령을 한번 늘어놓고 보니 내 속도 후련한 것 같기는 하다.

다리는 인생의 소극장

　다리는 육지와 육지를 연결해 부는 관문이요, 땅과 땅의 중매
쟁이요, 허리띠며, 길과 길의 악수다. 다리는 새로운 세계로 뻗
어 나가고자 하는 욕망의 콤마요 접속사며, 잠시 경관의 아름다
움에 도취케 하는 탄성의 감탄부호며, 종착지의 마침표를 향해
가는 욕망의 간이역이다.

　다리는 늘 두 다리를 뻗고 부동 자세로 서 있는 견인주의자다.
육로가 산문이라면 다리는 시다. 자연 경관을 배경으로 물새가
날고 물의 음악이 흐르며 달빛이 흐르고 햇살이 반짝거린다.

　자연의 조화造化가 하늘의 무지개라면 인간의 조화는 다리다.
지상에 놓여진 다리를 보아 왔던 몽상가들이 문득 하늘의 은하
수를 보고 상상해낸 창작품이 바로 오작교다. 지상의 다리가 하

늘에 투영된 것이 이른바 '견우 직녀 이야기'가 아닌가.

그런가 하면 시인 아폴리네르는 일찍이 「미라보 다리」란 시에서 "미라보 다리 아래 센 강은 흐르고/우리네 사랑도 흘러내린다/내 마음에 깊이 아로새기리/기쁨은 언제나 괴로움에 이어 온다"고 노래하며 인생의 잠언적 진리를 명상해 보기도 했다.

확실히 다리 위에는 많은 인생 이야기가 서리어 있고 아로새겨져 있다.

인생의 소무대요 소극장이다. 낭만성이 있는가 하면 비극적 낭만성이나 낭만적 애수가 깃들고 있는 곳이다.

그것은 다리라는 공간이 그 어떤 다른 공간보다도 이별의 장소, 기다림의 장소, 만남의 장소로 사랑을 받아 왔기 때문이다. 다리의 차별성이나 변별성이 바로 여기에 있다. 약속 장소라면 서로가 찾아가 만나는데 쉽게 찾을 수 있는 편리한 지형 지물地形地物이 되고, 재회의 약속 공간이라면 유일성唯一性 때문에 혼동이 일러날 리 없이 기억 속에 쉽게 그리고 오래 각인될 수 있으며, 전송이나 이별의 경우라면 가장 인상적인 장소라 설사 세월이 흘러도 기억의 잔영 속에 오래 남아 있을 수 있는 장점이 있고, 막연한 기다림이라면 찾아오고 지나갈 수 있는 유일한 길목이라 기다림의 상대를 쉽게 찾거나 만날 수 있는 개연성이 가장 높은 공간이다.

물론 이별의 공간, 만남의 공간, 기다림의 공간이야 어디에건 있을 수 있는 일이다. 시골의 경우를 떠올려 보면, 이별도 영마루의 이별, 산모롱이의 이별도 있을 수 있지만 그래도 다리의 이별이 훨씬 시적詩的이라 나루터 이별과 그 정감적 부피와 질감이 맞먹는다. 약속이나 재회의 만남이라면 지서 앞도 있고, 학교 앞도 있고, 장터 앞도 있고, 면사무소 앞도 있고, 삼거리도 있고, 방죽 거리도 있고, 조금은 음침한 복선이 있는 듯한 물레방앗간이나 뒷동산도 있지만 삼거리나 방죽 거리를 제외하면 너무 산문적이고 사무적인 인상이 짙다. 뭐니 해도 다리의 만남이 역시 시적이다. 그리고 기다림도 여러 공간이 있을 수 있지만 다리목의 기다림은 역시 나루터의 기다림처럼 더 애절하고 열모熱慕의 정이 깊다.

뿐만 아니라 설령 다리에는 누가 이별의 슬픔이나 기다림의 실의에 빠진다 할지라도 위로나 위무를 해 주는 그 무엇이 있다. 어쩔 수 없는 이별을 감수해야 하거나 또는 지난날의 연인이 재회약속을 헌신짝처럼 버렸다면, 되돌아서는 무거운 발걸음을 옮기며 하염없이 흘러가는 다리 밑의 물길을 물끄러미 바라보면서 세상사의 덧없음을 한숨처럼 되새겨 보며 무겁고 심란한 마음을 다시 한 번 추스려 볼 수도 있을 것이다. 그런가 하면 동병상련처럼 울어대는 물새 소리를 귓전으로 들으며 마음의 위무를 받을 수 있는 곳이 바로 다리이다.

다리 위에는 이렇듯 만남과 재회가 있고, 이별과 기다림이 있다. 그리고 이별의 우수와 슬픔, 만남의 환희와 눈물, 기다림의 설렘과 실의 그리고 애틋한 그리움과 사랑이 있다.

그래서 다리는 많은 문학 작품이나 영화의 배경이나 소재가 되어 왔고, 되고 있다.

우선 도스토예프스키의 걸작 단편 「백야白夜」가 생각난다. 불행한 가정 환경 속에서 성장한 주인공 나타리아라는 처녀의 순정이 우리의 가슴을 찡하게 해주는 작품이다. 자기 집에 하숙든 청년과의 짧은 사랑 그리고 서러운 이별이 그려지고 있는데 여기에 재회의 약속 장소로 다리가 나온다. 그러나 약속된 그 수많은 기다림의 밤이 지나도 그는 끝내 나타나지 않는다. 그런데 어느 날 밤 그 애타는 기다림에 보상이라도 하듯 그 청년이 다리 위에 모습을 나타낸다는 이야기다.

이때의 다리는 헤어짐의 애달픔, 기다림의 설레임과 실의 그리고 재회의 기쁨이 교차하는 장소로 설정되어 있다.

영화에서라면 제일 먼저 원명이 〈워털루 브리지(Waterloo Bridge)〉라는 〈애수哀愁〉가 떠오른다. '올드 랭 사인'의 아름다운 선율과 비극적인 라스트 신으로 아직도 우리의 기억에 남아 있는 추억의 명화다. 1차 대전에 휘말린 런던을 무대로 한 청년 장교와 미모의 발레리나와의 너무나도 슬픈 사랑이 만인의 가슴을 뭉클하게 했던 영화다.

그들이 운명적으로 만난 곳도 런던역 부근의 워털루 다리였고 또 이룰 수 없는 사랑에 대한 가슴 아픈 회한에 이끌려 여주인 공이 다시 찾아 온 곳도 추억의 그 다리였다. 그러나 안개 짙은 그 다리 위를 실성한 여인처럼 걷다가 밀려오는 자동차에 치여 몸숨을 잃고 만다는 비극적인 이야기이다.

또 영화라면 〈퐁네프의 연인들〉과 〈메디슨 카운티의 다리〉도 빼놓을 수 없다. 〈퐁네프의 연인들〉은 걸인 곡예사 알렉스와 걸 인 화가 미쉘과의 기구한 삶과 사랑을 그리고 있는데 그들이 처 음 우연히 운명적으로 만나게 되는 곳도 퐁네프라는 이름의 다 리에서이고 또 기약 없는 헤어짐이 있고 난 3년 후 크리스마스 에 둘은 약속이나 한 것처럼 다시 이곳에서 만나 잊혀진 사랑이 아님을 확인한다는 내용이다. 〈메디슨 카운티의 다리〉는 사진 기자 로버트와 시골 유부녀 사이에 있었던 3일 간의 불꽃같은 금지된 사랑이 주된 내용인데 그후 평생 동안 가슴속에 묻어 두었던 두 사람만의 애틋한 사랑이 보는 이 마다 눈시울을 붉 게 해 준 영화였다. 두 주인공을 만나게 해 준 인연의 고리가 바로 다리였고, 또 그들의 사랑이 무르익어 간 곳도 이 다리 위 에서였다.

이렇듯 다리란 교통의 요충지나 관문으로서만이 아니라 남녀 관계의 순수한 여러 일들이 연출되는 무대요 그런 것을 제공해 주는 소극장이다. 그래서 거기에는 꿈결 같은 한 순간의 삶의 이정표가 있고 기억의 이정표가 있다.

그러나 때론 이런 정적인 일들만이 교차하는 곳만은 아니다. 살벌한 전쟁의 교두보나 필사의 방어선으로서 팽팽한 긴장이 감도는 곳이기도 하다. 6·25의 한강 다리, 영화 〈콰이 강의 다리〉나 〈누구를 위하여 종은 울리나〉에서 우리는 이를 보아 왔다.

이런 것만 빼놓으면 다리는 영원한 노스탤지어의 대상이요 누구에게나 잊을 수 없는 추억거리가 있을 법한 감미롭고 슬픈 기억의 공간이기도 하다.

다리는 역시 아름답다.

민족의 대망待望

– 웅비雄飛의 조국 미래를 그려보며

　과거 없는 현재가 없고 현재 없는 미래도 없다. 우리는 과거를 알고 오늘을 반성하며 내일을 열어가야 한다.

　사실 나이든 기성세대로서는 6 · 25만 생각하면 못내 가슴이 아프지 않을 사람이 아무도 없다. 그러나 원망하고 한탄한들 무슨 큰 소득이 있겠느냐 싶으며 또 지금 그 댓가의 보상을 과연 누구에게 얻을 수 있단 말인가.

　보상은 오직 민족통일이다. 그것이야말로 피흘린 민족의 제단 앞에 바치는 속죄의 꽃이다.

　그렇다. 헐린다 헐린다 하던 남북의 벽은 드디어 차츰 헐리고 있다. 뱃길이 열리는가 했더니, 하늘길도 열리고 또 이제는 얼마있지 않아 철길도 열리리라 한다. 모든 것이 헐리고, 모든 것이 열리고, 모든 것이 뚫려야 한다.

그 어느 누가 경의선과 경원선이 열리고 또 한일간 꿈의 해저 터널이 열리게 되는 그 날이 오면 그것은 곧 현대판 '철의 실크로드'가 되리라 했다던가. 미래의 이 길은 만주로, 몽고로, 중국으로, 시베리아로, 러시아로, 아니 더 넓게는 유라시아 대륙으로 접속되어 영광스런 한민족의 대장정이 시작되는 관문이 되리라 상상해 본다.

그러기 위해서는 화합도 좋고 협력도 좋은 일이지만, 무엇보다도 통일이 하루 속히 앞당겨져야 할 일이다. 새 세기를 맞은 우리 민족의 절대절명의 과제는 바로 통일이다. 지난 우리의 역사에서 3국三國이 통일統一되고 또 후삼국이 통일된 것을 보면, 부럽고 향수마저 든다. 그런가 하면, 통일 독일을 볼 때에는 큰 교훈의 부러움도 드는 한편, 부끄러움마저 든다. 과연 우리에겐 누이도 좋고 매부도 좋은 평화통일平和統一의 길은 없는 것일까. 때와 분위기와 현실적 상황이 무르익었다 싶을 때가 오면, 누가 양 체제의 최고 책임자가 되었건, 대승적 차원에서 정치권력의 이기주의에서 한 발짝씩만 물러선다면, 결코 불가능한 일만은 아니리라. 독일의 경우가 바로 그것을 웅변하고 있다. 일시적 최고 권력의 고집스런 영광은 후세에 민족의 죄인으로 낙인찍힐 가능성이 있다면, 조국통일祖國統一의 제단 앞에 바치는 마음 비움은 곧 민족의 메시아로 청사靑史에 영원히 남으리라 본다.

치욕스런 훈장인양 운명 같은 피동의 역사가 물려준 한 맺힌 분단! 그 얼마나 소모의 세월을 안겨주었던가. 인력의 소모, 국력의 소모, 정치력의 소모, 소모, 소모, 낭비, 낭비, 낭비의 역사였다. 만약 해방조국이 곧 통일조국으로 출발만 할 수 있었다면, 지금쯤은 세계를 향해 웅비의 기지개를 켜는 조국으로 '아시아의 등불'이 되어 있을 것이란 상상을 해보면 정말 원통하고 분통하다.

나는 지금 세계지도를 펴놓고 대륙의 한쪽 끝에 웅크리고 백두를 향해 포효하는 호랑이 형국의 조국을 찬찬히 들여다본다. 그리고 인류 역사상 25여 개가 넘는 대제국大帝國이 명멸해 간 그 흔적을 찾아보니 실로 만감도 서린다. 대제국을 건설했던 민족들은 과연 누구였던가. 고대에서 현대를 일별해 보자. 북부 이락지역에서 시작된 아시리아제국帝國의 아시리아인, 페르시아만쪽 남부 이락에서 출발한 바빌로니아제국의 아무르인, 이란지역에서 출발한 페르시아제국의 유목민 바사인, 알렉산더제국의 마케도니아인, 로마와 비잔틴제국의 로마인, 진과 한제국의 한인, 아즈텍제국의 아즈텍인과 잉카제국의 잉카인, 사우디아라비아에서 시작된 이슬람제국의 아랍인, 카스피해海 동남쪽에서 출발한 셀주크 투르크제국의 투르크인, 몽고제국과 원제국의 몽고인, 티무르제국과 무굴제국을 건설한 중앙 아시아인, 소아시아 서부에서 출발한 오스만 투르크제국의 이슬람계 오스

만인, 대영제국大英帝國의 앵글로 색슨인, 러시아제국의 스라브인, 독일제국의 게르만인, 일본제국의 일본인 등등이 아니었던가. 처음부터 나라가 강대해서 또 국토가 넓어서 제국이 된 것은 아니지 않는가. 차츰 강대해지고, 또 부강해져 제국으로 탄생한 것이 역사의 진실이 아니던가. 물론 제국주의는 인류의 이름으로 또 역사의 이름으로 비판받아 마땅하리라.

그러나 5천 년의 역사에서 제국 한 번도 건설하지 못 한 채 거의 외침으로 점철된 한스런 역사를 생각해 보다 보니, 심한 상대적 박탈감마저 들고 있다. 과연 나의 이런 생각을 어느 누가 국수적 쇼비니즘(호전적 애국주의)의 발상이라고 매도할 수 있겠는가.

그렇다. 이제 다시 들을 수 있게 될 경의선의 우렁찬 첫 기적소리는 잠자고 있는 민족혼民族魂을 불러일으키고, 모아들이는 초혼招魂의식이어야 한다. 남과 북이 반도적 소아小我주의 발상에서 더 넓은 대륙大陸으로 눈을 돌리는 대아大我의식으로의 발상전환도 있어야 할 일이다. 요동벌을 바라보며, 만주벌을 바라보며, 옛 고구려의 기상을, 옛 발해의 기상을 키우고도 볼일이다.

남과 북이 힘을 합쳐, 아니 통일조국을 앞당겨 손에 손을 잡고 '철의 실크로드'를 따라 한민족의 기상을 더 높이고, 한 민족의 융성을 도모해야 할 일이다. 지난 역사에서처럼 지배자로서 제국이 아닌 문화와 상품 수출국으로서 가히 제국소리를 한번이라도 듣는 날이 온다면, 우리는 우리의 후손들에게 정말 자랑스런 아버지와 할아버지가 되리라.

"백두산석 마도진이요/두만강수 음마무라/남아 일세 미평국이면/후세수칭 대장부랴"라는 남이장군의 이 시조를 오늘따라 오늘을 사는 남북한의 최고 책임자는 물론 정치인들에게 꼭 한 번 들려주고 싶은 강한 유혹을 뿌리 칠 수 없다. 통일의 일차적 책임은 역시 정치가들에게 맡겨져 있는 일이 아닌가.

그리하여 우리도 언젠가는 칭기스칸처럼, 쿠비라이 처럼 '철의 실크로드'를 따라 유라시아를 마음껏 달려도 보자.

전지명

◈◈◈◈ 약 력 ◈◈◈◈

시인
울산광역시 울주 출신
성균관대학교 경제학과 졸업, 연세대학교 국제경영학과 석사졸업,
동국대학교 대학원 북한학과 박사과정
《문학예술》시 부문 신인상
대한민국 경영인 CEO 신지식인
전지명 경제문화 연구소 대표, 한림그룹 회장
국제펜클럽한국본부 회원, 한국문학예술가협회 회장

어머니 닮은 아차산 · 1

어머니 당신을 사랑합니다

올해로 아흔 다섯해를 수壽하신
어머니를 가슴에 모시고
매일 새벽 아차산에 오릅니다

어머니 품같은 아차산에 오르면
푸른 숲 넓은 바위, 물소리
바람소리 새들의 합창소리 들려오는데
산은 그대로 아름다운 모습입니다

아차산에 오르면
한 세기를 인고의 세월로
묵묵히 살아오신
촛불같이 사신 어머니 삶의 모습 같아서

산을 바라 보노라면 가슴이 뭉클합니다

전씨 문중의 대종가 맏며느리로서

시부모님께 효도하신,
일가 친척 모든분께 귀감이 되셨던 당신은
한국의 대표적인 신사임당 이셨습니다

어머니 당신이 계셨기에
우리 육남매 모두
사회에서 제 몫을 잘 감당하고 있습니다

지금도 주시는
따뜻하신 어머니 사랑이 계셨기에
주어진 환경에 새롭게 도전하는
오늘의 제가 있습니다

어머니 진정으로 당신을 사랑합니다.

어머니 닮은 아차산 · 2

어머니 당신을 존경합니다

치매로 투병중이신
아흔 다섯의 아기가 되신
어머니

'야야 밥먹어라'
지금도 챙겨주시는
어머니 사랑에 목이 메입니다

바쁜 일상으로
건조해진 내 영혼에
사막의 오아시스 같으신 어머니

오늘
당신의 넓은 가슴에
내 작은 마음을 뉘어봅니다

폭풍우 휘몰아치던 어느날의

성공적인 아차산 산행도
어머니께서 동행하셨기에 가능했습니다

당신 가슴에 전부를 묻었던 제가
이제는 제 마음의 뜨락에
당신을 편히 모십니다

이 생명 다하는 날까지
어머니 당신을 사랑합니다.

몽골의 별비와 호수

몽환처럼 부유하는
물안개의 노래였다

숨을 들이셨다
내셨다를 반복하면서
폐부 깊숙이 들어온
청량한 헙스걸 호수 공기를 들이킨다

나를 새롭게 하네
때를 밀 듯 세척하네

이 거대한 호수
그리고 별비의 아우성

호수에 빨려드는
나는 말문을 잃고
침묵의 길을 걷네.

어느 토요일 오후에

창밖의 가을 햇살은
고뇌에 찬 열정
다 내려놓게 하네

오늘 만큼은
살가운 통음에 취해보라 하네

사랑의 빛깔도
삶의 깊이 마저도
측량할 수 없는
산같은 어설픔으로
고독한 독거와 마주앉으라 하네

무엇을 찾기 위해
무엇이 그렇게도 숨차도록
나를 걷게 하였는지

푸른 존재함을 향해
번민 속의 건재함을 건져올리며

낯익은 침묵 속으로
나를 밀어간다.

초원의 별비

눈앞에 누워 있는
푸른 초원이
잿빛 하늘 아래
끝없이 펼쳐져 있다

어릴 적
고향집 마당에서 본 은하계와
지금 만나고 있다

금새라도
나와 겹쳐질 것 같은 별구름은
밤바람의 정수리에 앉은
내 어지러운 상념들을
모두 날려버린다

낯익은 추억의 마음문을 열어 젖힌 채
팔을 괴고 별무리 손님을
나는 기다린다

어두운 밤하늘 가에서
세상을 담아내던 마음을
비우면서

비워진 그 우주 속에
내가 존재하고 있음을 되새겨 본다.

헙스걸 호숫가에서

숨소리 마저도
뼛속까지
혹독하게 얼어 붙는
눈보라가
산을 이뤄 서 있네

몽골의 스위스라는
헙스걸 호수,
이방인을 따뜻하게 맞아준다

바다같이 거대한
신비함과 아름다움이 스며있는 호수
바람소리 물소리도
마술에 걸려 정지한 채 서있고
인간의 손길마저 거부하고 있는 저 호수

나는 어디서 와서
어디로 가는 것일까
지금 나는 무엇을 찾고 있는가

제국의 영화가 사라져버린
광활한 신의 땅 헙스걸에서
잃어버린 나를 만나고 있다.

벚꽃이 필 무렵이면 · 1
― 酌川亭 벚꽃

음력 삼월이 냇가에 앉으면
하얗게 피어나는
고향 벚꽃길 보인다

태백산맥 심장을 타고
가지산, 영취산 자락을 휘돌아
신불산 등판을 타고
내려온 겨울 칼바람은

어느새 산마루에다
봄기운을 부려놓는데

연분홍빛 상춘객들은
환한 벚꽃 터널길을 따라
작천정酌川亭 맑은 물향기에 취한다

음력 삼월이면
나는 먼 객지에서도
벚꽃산이 된다
벚꽃향이 넘실대는 강물이 된다.

벚꽃이 필 무렵이면 · 2
― 작천정 벚꽃

음력 삼월에 이는
분홍빛 물결은
신불산 자락마다 넘실댄다

화사한 분홍빛 꽃잎은
떼나비가 되고
꽃보라가 된다

동심에 방아찧던 가슴으로
버찌를 따먹던
단맛돌던 그 유년이여

유년의 물살을 헤치며
세월을 거슬러 올라온 연어처럼
호호 백발이 된
늙은 벚나무는
삼월의 햇살로 동리를 지키고

화사한 내생을 기약하며
꽃잎 진 그 자리에 서서
따뜻한 미소로 촌동村童을 반겨주네.

몽골 낙타 등에 사랑을 싣고

몽골의 고비사막
그 황량한 사막길을
유목민의 발이 되어
짐을 나른다

웃음 머금은 개들도
짐낙타와 유랑을 즐기고
모진 태풍도 막아내는
낙타의 인내력

모진 한파의 몽골 추위에도
낙타의 쌍봉은
어머니의 품과 같다

끝없는 사막길
암낙타와 새끼의 은신처를 위해서
마냥 굶으며
입거품을 흘리고
이빨을 부딪혀 처연한 소리를 내는

몽골의 전통 노래와
마두금의 연주에
그 큰 눈에 눈물 흘리는 몽골의 낙타.

인생 설계

잠깐
더 높이
더 푸르게 오르고픈
생각에 잠겨본다

위로
더 위로
올라가고픈
꿈에 젖어본다

그런데
다시 제자리로 돌아온
꿈은
다 이룰 수 있다는 교만의 옷을 벗고

비워야 채워진다는
소중한 가치를
현실 속으로 가꾸어 가는

그런 인생을 설계해 본다.

옛 약수터 할아버지를 그려보며

　나는 새벽등산을 좋아한다. 하산 하는 길에는 시원한 물맛을 보기 위해 반드시 약수터에 들린다. 그런 곳에는 재미 있는 이야기나 시국담이 오가고 또 등산길에 오르내릴 때 만났던 사람과도 만난다.

　지금은 광진구에 있는 아차산을 찾지만 이곳으로 이사 오기 전에는 강남구에 있는 대모산을 매일 새벽 오르다시피 했다.

　이번 가을에는 문득 그동안 잊고 지내오던 대모산의 약수터 생각이 났다. 나를 돌아볼 겨를도 없이 열심히 산다고 살아 오다 보니 어느새 지천명知天命의 나이가 되었구나 싶으니 '인생은 과연 무엇이며 삶은 무엇인가?' 라는 인생론의 원초적 회의가 들기 시작했다. 인간은 피조물이며 불완전한 까닭에 인간이 이룩한 그 어떤 것도 완전한 것은 없겠지만 쉼없이 앞만 보고 걸어온 나는 과연 어디서 와서 어디로 가는 것인가 싶으니 순간 대모산의 약수터 할아버지가 떠올랐다.

그래서 오늘은 대모산을 다시 찾아 왔다. 지금 나는 약수터 옆에 세워져 있는 조그마한 비석 앞에 서 있다. 비석의 글귀를 다시 읽어 본다.

'먼 훗날 누가 약수터의 유래를 물으시면, 풀처럼 살다 간 광산光山 김옹귀거래金翁歸去來라오. 이름은 기억 못해도 쉬어 가소.'

두 다리가 불편하신 아내인 할머님을 힘들게 돌보시면서도 항상 웃음을 잃지 않으신 그 분은 김계수옹이셨다. 살아 생전에는 이른 새벽 산을 찾는 우리 가족을 언제나 멀리서 먼저 발견하시고는 어서 빨리 오라고 손짓하시곤 하셨다. 그런데 이 한세상에서 언제나 만나 뵐 수 있을 것 같았던 그분은 두해 전, 비석의 글귀처럼 정말 풀처럼 사시다가 바람처럼 저 세상으로 떠나가셨다. 참 허망한 일이다. 어느새 나의 눈시울이 뜨거워진다.

처음에 산을 찾아 마냥 즐거워하는 많은 사람들에게 손수 약수터를 만들어 약수를 제공하고, 환자셨던 할머님을 보호하고 지키시면서 행복해 하셨던 할아버지셨다. 그런데 불행은 심보가 나쁜 누군가에 의해 무허가 건축물 신고로 인하여 산 속 보금자리 집을 철거 당하면서부터 시작되었다. 짓궂은 어느 할머니가 '왜 산속에서 사느냐?'고 물으면 당신 속으로는 자식에게 부담을 주고 싶지 않은 이유였으면서, 애써 '산에서 만나는 당신같은 사람들이 좋아서'라고 말씀하시면서 일부러 슬픈 모습을 감추려 하시던 그 모습이 자꾸 떠오른다.

10년 넘게 살아온 산 속의 보금자리 집을 강제 철거 당해야만 했던 그때가 얼마나 고통스러우셨을까? 이 약수터를 당신이 손수 만드실 때 별 볼일 없는 짓을 한다고 손가락질을 받아가면서 척박한 이곳에다 당신이 손질하고 정성을 쏟아서 약수터의 모양새를 만들었노라고 언제나 우리들에게 자랑스럽게 얘기하시던 분이셨다. 산속 움막 같은 집을 강제 철거 당하고 이 약수터를 떠나신 이후, 두 분은 이곳을 잊지 못해 얼마나 쓸쓸해 하셨을까 싶으니 나는 가슴이 저려 왔다.

그래도 돌이켜 보면 정말 잘했다 싶은 일도 생각난다. 지난 날 산에서 반갑게 만났을 때면 할아버지께서는 하나의 정표로 당신의 비석을 세우고 싶어하시곤 했다. 나는 약수터 회원들을 설득하여 아담한 표지석을 세워드렸다. 그날 아주 기뻐하시면서도 수줍어하시던 그 모습이 떠올라 내 마음이 조금이나마 위로는 된다. 내 인생의 여정에서 너무나 잘한 일이었고, 약수터 봉사를 크게 하신 그분께 행복을 안겨드렸다는 점에 나는 큰 위안을 얻을 수 있었다.

그 당시 약수터 회원들은 평균 나이 60세 이상인 어르신들로 구성되어 있었다. 나이로 보아 나는 회원자격이 없었다. 그렇지만 가을에서 겨울까지 약수터 주변에 밤새 수북하게 쌓인 낙엽들을 매일 쓸고 청소한지 수 개월이 지나자 나는 특별히 준회원자격을 얻을 수 있었고 또 거의 매일 새벽에 약수터 모임에 참석할 수도 있었다.

한겨울에 내가 낙엽 쓸기 담당이었다면, 할아버지는 약수터 주변에 쌓이는 눈 쓸기를 도맡아 하셨다. 그런데 겨울산을 오르면 언제나 깨끗하게 눈이 치워져 있던 약수터 주변이, 어느 날 그냥 눈이 쌓여 있는 날이면 할아버지께서 어김없이 전날 과음을 하셨다는 것을 알아챌 수가 있었다.

그런 날이면 나는 어김없이 할아버지의 대빗자루로 빨리 눈을 치워야겠다는 마음으로 눈을 쓸어 나갔다. 숨고르기가 필요할 만큼 힘이 든 일이었던 것을 그동안 할아버지는 만족스러운 표정으로 그 많은 눈들을 '가볍게' 치우셨던 것이다.

또 어느 일요일 오후에 약수터에서 손수 타 오신 커피를 즐긴 적이 있었는데, 본인의 신상 이야기를 꺼내놓으셨다. 약간 취기가 있었지만 단호한 모습으로 '전 선생, 나 고향(고창)에서 올라올 때 참 비참했소. 다시는 고향을 찾지 않으리' 라며 먼 산을 바라보시던 그 모습이 눈에 선하다. 다시는 고향을 찾지 않겠다던 할아버지가 결국 정착할 곳을 못 찾고 슬픈 낙향을 했을 때, 고향의 냉담한 시선을 어떻게 감내 하셨을까? 라는 생각에 미치자 나는 갑자기 숨이 차고 가슴이 서늘해졌다.

바쁘고 고된 오늘을 살아가고 있는 우리에게 인정의 샘을 선물하고 고향에서 돌아가신 할아버지는 분명히 산속의 거인인 '큰 바위 얼굴'이 아닌가 싶다. 나는 과연 이승을 떠날 때 무엇을 남겨놓고 갈 것인가 싶으니 마음이 수수롭다.

돌비를 어루만져 보며 할아버지가 남겨두고 가신 따뜻한 인정의 체온을 다시 한 번 느끼며 내 자신을 되돌아본다.

몽골초원의 별

사계절 중에서 봄은 누구나 좋아하는 계절이지만, 몽골의 봄은 몽골 사람들로부터 환영을 받지 못한다. 심지어 가축들도 무척 두려워하는 것 같다. 계절의 변화로 인하여 발생하는 흙과 먼지, 모래바람이 끊임없이 불어대고, 낮에는 기온이 올라가지만 아직 눈으로 덮혀 있는 초원에는 풀이 자라지 않기 때문이다. 그래서 가축의 어미들은 새끼 돌보기에 대한 본능적 위기감이 최고조에 이를 수 밖에 없다.

자연의 혜택 속에서 풍요를 누렸던 정착 문명의 사람들에 비해서, 몽골의 유목민들은 변화무쌍한 자연 속에서 처절하게 버려지고 있었던 것이나 다름없다.

멀리 떨어진 곳에서 막연하게 우리의 상상으로 바라보는 몽골은 푸른 초원과 눈으로 덮힌 아름다운 나라이지만, 내가 직접 가까이에서 지켜본 몽골은 마치 온갖 역경을 딛고 의젓한 청년으로 홀로서기를 하려고 몸부림치는 고뇌에 찬 한 젊은이처럼 느껴졌다. 매서운 바람과 싸우면서 황량한 초원의 들녘에서 강인하면서도 부드럽게 버티고 서 있는 모습이다.

나는 어느 무더운 여름 몽골의 첫 여행에서 놀라운 사건을 하나 목격했다. 몽골의 아름다운 초원 속 자그마한 게르(Ger) 옆 모래 구덩이에서 움직이는 물체가 보여서 조심스럽게 다가가서 보니, 벌거벗은 여자아이가 꿈틀거리고 있었다. 따가운 불덩이의 햇빛이 고통스러워서 이리저리 뒹굴며 있는 버려진 듯 보이는 이 아이가 너무나 가엾게 느껴졌다. 이 일은 낭만스럽게 초원을 즐기며 여행을 하고 있던 내 가슴 깊숙히 각인되어져 결국 경제적으로 가장 낙후되고 정치적으로 불안정한 몽골을 나로 하여금 관심의 나라로 선택하게 만드는 계기가 되었다.

3년 전에 울란바트라시의 보그드(BOGD)산 자갈란트(GARGALANT)에다 관광타운을 만들기 위해 현지 법인회사로 하여금 호텔·빌라 등을 건축하게 했다. 인간의 손길이 머문 곳이 하나도 보이지 않고, 물도 전기도 없는, 오직 골짜기를 타고 내려오는 세찬 바람소리만 들을 수 있는, 수천년 동안 풀만 무성한 적막하고 광활한 이곳에다 나는 겁도 없이 몽골 정부측에 한국 사람으로서 도전장을 내밀었었다.

몽골 정부의 고위 인사들과 한밤중에 게르(Ger)에서 회의를 마치고 우리 회사의 관광타운 현장을 함께 둘러보고 헤어졌는데 웬일인지 생전 처음 경험하는 영하 40도의 칼날같은 매서운 바람이 오히려 나를 평온하게 정화시키고 있다는 사실에 무척 놀랐다.

어느새 살을 에는 추위는 아랑곳없이, 나의 두 눈은 아주 가까이 낮게 떠 있는 별들과 마주하고 있었다. 나의 결정에서 온 감회 때문이었을 것이다.

정말 몽골의 밤하늘에는 별이 무수히 많다. 나는 가끔 자갈란트 타운의 현장을 밤에 찾게 되면 어김없이 보그드 산 쪽 하늘의 별과 만나 그 별 무리의 아름다움에 취하고 또 몽골의 아름다운 자연의 모습에서 새로운 나를 발견하게 된다. 마치 어머니의 대지大地와 같은 태고의 땅, 바로 그런 초원에 서 있는 나에게 신비스러운 땅의 기운이 전해져 오기도 함을 느낄 수 있기 때문이다.

나는 오늘밤도 검은 초원에 서서 밤하늘을 올려다본다. 저 무수한 별들은 아마 오랜 인류의 역사의 산 증인이 되어, 꿈을 갖고 싶어하는 수많은 사람들에게 사랑과 푸른 희망을 인도한 나침반이 되어 왔겠지 하고 생각해 본다.

그리고 수천년간 인적미답의 처녀지나 다름 없는 곳에 내가 심혈을 기울여 세운 자갈란트 관광타운 레스토랑에서 모링호르馬頭琴의 반주에 맞춰서 몽골에서만 들을 수 있는 허밍(humming)을 듣고 있노라면, 시간이 천천히 흘러가는 듯한 느낌을 받는다. 자연과 예술을 사랑하는 몽골 사람들이기에, 목청으로 빚어 올리는 휘파람을 부르는 듯한 자연을 담은 허밍노래소리는 정말 인상적이다.

몽골에 비행기가 도착하는 시간은 늦은 밤 또는 새벽시간으로 맞추어져 있다. 그것은 세찬 강풍도 밤이면 잠시 멎기 때문이다. 나는 주로 KAL기를 타고 늦은 밤 몽골 수도 상공에서 밤 하늘의 별을 쳐다보듯, 울란바트라의 반짝거리는 별들을 보기위해 열심히 창 밖을 내려다보곤 한다. 그리고 불현듯 지금은 아름다운 별이 되어있을 그 때 그 가련한 여자아이의 생각이 떠올라, 검은 초원의 별빛을 찾아 헤메어 본다.

결국 떠오르는 것은 오직 기억일 뿐이다. 아름다운 추억이든 슬픈 상처이든 기억만은 늘 살아 있는 듯싶다. 지금 나는 비행기가 완전히 착륙되었음을 확인하고 가방을 챙겨서 서둘러서 공항을 빠져나가고 있다. 몽골의 밤하늘은 아름답기만 하다.

몽골의 '스위스'를 찾아

몽골에서 비가 내리는 일은 무척 드물다. 비 때문에 진창이 된 들판길을 러시아 지프는 춤을 추며 북쪽으로 달려갔다. 헙스걸 호수를 향하여…….

늦더위를 식힐겸 반쯤 열어둔 차 창문으로 대초원이 선물하는 풍부한 산소를 들이키면서 차창 밖에 펼쳐진 광활한 초원의 풍경을 가득 두 눈 속에다 주워 담았다. 사방은 전혀 막힘이 없는 대평원이고 눈길이 끝나는데까지는 지평선과 지평선이 연이어 있을 뿐이었다.

아아, 이 광활한 초원은 분명 나를 홀리게 하고 있었다. 나는 어린애 마냥 저 드넓은 초원에서 그냥 뛰어다니고 싶은 충동이 일었다. 내가 몽골에서 제일 먼저 찾고 싶었던 곳 중의 한 곳인 홉스걸 호수는 몇 해 전, 연말에 영하 40도를 오르내리는 강추위를 뚫고 '신대륙을 발견하자'는 마음으로 찾아온 적이 있었고, 이번이 두 번째 길이다.

첫 번째 방문 때의 홉스걸 호수는 얼음으로 뒤덮인 호수였으므로, 희뿌연 아스팔트로 포장된 거대한 텅 빈 광장 같았다. 그 빙판 광장을 경비하듯 두 마리 말이 주인을 태우고 그 위를 듬직하게 뚜벅뚜벅 걷고 있을 때는, 무어라 표현할 수 없는 희열감이 압도하고 있었다. 이번에는 호수의 물이 바이칼로 흘러들어가는 여름의 청정 홉스걸 호수의 신비를 직접 체험하고 싶어서, 겨울이 오기 전에 몽골 국제공항 회장 일행과 함께 다시 찾게 되었다.

몽골 수도 울란바트라에서 남서쪽으로 나가 보면 도로 옆 나뭇가지 위에 오색천을 걸쳐놓고, 돌로 탑을 쌓아 서낭당을 만들어 자연신과 태양을 섬기는 샤머니즘(무속신앙)의 풍경을 쉽게 볼 수가 있었는데, 도무지 이곳 홉스걸 호수로 찾아가는 동안에는 이런 풍경을 거의 볼 수가 없었다. 참으로 신기한 일이었다. 아마 거대한 홉스걸 호수가 자연신으로 느껴졌을 것이고 또한 홉스걸이 모든 신을 대신하고 있기 때문일 것이다.

몽골의 '스위스'라고 불리는 홉스걸 호수는 잎갈나무와 키다리 소나무에 둘러 싸여있었다. 호수 주변은 그림처럼 펼쳐져 있는 하얀 게르와 어우러져 있다. 이 아름다운 호수를 보노라면,

세속에 찌든 내 마음을 확 씻어줄 것 같은 신비스런 대자연의 품을 만끽하는 것 같았다. 바다 같이 넓고 끝없이 펼쳐져 있는 거대한 호수! 인간의 손때가 전혀 묻지 않은 신비스런 태고의 모습! 이 자연의 웅장함과 신비로움을 직접 경험해 보려고, 멀고도 먼 이곳까지 달려오기를 참 잘했다 싶었다. 그렇게도 보고 싶었고 찾고 싶었던 헙스걸 호수에서 나는 크게 외쳐보았다. '야~아, 세상에서 때 묻은 내 가슴을 깨끗하게 씻어내고, 다시는 때묻힘을 겪지 않겠다.'고 다짐 하면서…….

그런데 이 헙스걸 호수를 뒤로 한 채 숙소로 돌아가기 위해 호수 근처에 있는 임시 사용 비행장으로 가고 있을 때, 예상치도 못한 해프닝이 일어났던 일을 생각하면 아직도 민망스럽다.

순간 뿌연 흙먼지를 일으키면서 비행기가 이륙하고 있었다. 우리 일행 중의 한사람인 국제공항 안전관리 총책임자가 이륙하고 있는 비행기를 향해 놀란 표정으로 다시 착륙하라는 수신호를 세차게 보내고 있었다. 이에 덩달아 우리 일행도 마구 손을 흔들어 대며 '감히 그대들의 주요 인사인 우리들을 남겨두고 가면 되나? 태워 가야지'란 불평을 늘어놓았다. 그러나 시간을 맞추지 못하는 당신네들은 태워 갈 수야 없지라고 비웃는 듯이 유유히 사라져 가는 '하늘의 물체'를 쳐다보면서 우리의 순간 헤프닝이 민망스럽기도 해서 그 민망스러움을 감추기라도 하듯 우리는 일부러 큰 헛웃음을 내었다. 생각해 보면 상전 대접을 받고자한 우리의 순간적 교만이 문제였다 싶어 겸손의 미덕이 무엇인지를 생각해 보고 있다.

　지금 나는 책상 앞에서 잠시 눈을 감고 여름의 그 헙스걸 호수를 그려본다. 이 속세에 오염되어 가고 있는 나는 그 호수를 향해 크게 다짐했던 말들을 다시 되뇌어 보고 있다.

독도와 울릉도를 다녀와서

P시인의 권유를 받고 나는 처음으로 독도 여행을 결심했다. 모처럼 일상에서 벗어나 자유로움을 만끽하겠다 싶어 전날부터 가슴이 설렜다. 참으로 오랜만에 얻는 휴식이라 전날 밤 잠도 설친 채 새벽에 교대역으로 향했다. 교대역에서 만난 일행 모두의 얼굴이 한결같이 밝아보였다. '초록은 동색'이라는 말이 있듯 내 기분지수에 따라 그렇게 보였는지도 모른다.

서울에서 속초까지 차편으로 약 3시간 반이 소요되었다. 속초항에서 유람선을 갈아타고 다시 3시간 걸려 울릉도에 도착했다. 그동안 사진이나 TV로만 보아온 섬이라 직접 눈으로 보니 생각보다 아주 큰 섬이었다. 짐들을 잠깐 맡겨놓고 다시 그 배편으로 독도로 갔다. 우리 일행을 영접이라도 하는 듯 일군의 괭이갈매기 가족들이 제일 먼저 우리를 반겨주었다. 말로만 듣던 우리의 땅인 바위섬 독도를 바라보니 가슴이 뭉클했다.

일본이 심심하면 계속 자기네 땅이라고 우기고 있는 그 섬에 첫발을 내딛고 보니 만감이 교차했고 또 생각했던 것보다는 비교적 큰 섬이었다. 섬 주위는 온갖 식물들이 병풍처럼 자생하고 있었다. 독도 수비대원들이 삼엄하게 경비를 서고 있는데, 신원 조회가 끝난 사람들만이 섬에 내려서 그 땅을 밟을 수가 있었다. 파아란 쪽빛 하늘에 우람하게 솟아 있긴 하지만 한이 서려 있는 섬이라 만감이 교차했다. 그동안 묵묵히 갈매기와 벗해 왔을 뿐, 참 많이도 외로웠던 섬이다.

이곳에서 예정 되었던 문학행사를 마치고 우리 일행은 다시 울릉도로 돌아왔다. 향긋한 갯내음이 물씬 풍기는 바닷가 횟집에서 신선한 회를 들며 붉게 물든 노을과 유유히 낮게 날개를 저으며 마치 보란듯이 날고 있는 괭이갈매기 떼의 날갯짓을 감상하면서 참으로 오랜만에 여유로운 즐거운 시간을 가져보았다.

그리고 자정능력으로 늘 푸르게 새로워지는 동해바다를 바라보다 보니 문득 나의 삶을 새로운 기운으로 가득 채워 보고 싶다는 생각도 들었다. 그러다 보니 옆에 있는 P시인과 M동장이 더욱 소중한 사람처럼 느껴졌다.

이럭저럭 어둠이 깔리자 우리는 횟집에서 나와 섬의 중턱에 위치한 호텔 같은 콘도에서 하룻밤을 묵었다. 그 다음날은 울릉도 내륙 기행 길에 올랐다. 일행을 태운 미니버스가 해안선을 따라 돌고 있을 때, 간략하게 섬에 관한 이것저것들을 설명해 주던 운전기사가 갑자기 뒤를 돌아보면서

"여기 국회의원은 없지요?"

하면서 어려운 퀴즈 문제를 하나 내겠다고 했다.

"남자의 정자와 정치인의 닮은 점은 무엇일까요?"

라는 문제였다.

우리 일행 모두는 넌센스 퀴즈 같기도 하고 아닌 것 같기도 해서 잠시 생각하느라 머뭇거려 보았지만 결국은 모두 정답을 내지 못했다. 그는 약간 짓궂은 표정으로 힐끔 뒤를 돌아보며

"인간(사람)으로 만들어질 수 있는 확률이 100만 분의 1에 불과 합니더."

라며 투박한 경상도 목소리로 신명나게 답을 말해 주었다. 나는 속으로 정치판을 빗대어 보면 맞는 말이구나 싶었다.

그러나 청정지역이라는 울릉도 이곳 섬에까지 정치판의 공해에 대한 불신이 오염되어 있음을 확인하고 매우 놀랐다. '왜 정치인들의 값어치가 이렇게까지 하락되었을까?' 라고 생각하면서 정치인들이 꼭 지키고 실천해야 할 도덕과 윤리 덕목에 대해서도 깊이 생각해 보았다.

내륙 관광 길에서 둘러본 울릉도는 서울에서 생각했던 것 보다는 활기가 넘치고 있었고 또 독도 방문길에 오른 관광객으로

인해 관광 수입도 꽤 올리고 있어 비교적 어느 섬들 보다도 여유로워 보였다.

천해의 비경이 자리잡고 있는 독도와 울릉도, 모처럼 시간을 내어 방문한 그 섬이 지는 저녁놀을 뒤로한 채 아름답게 빛나고 있었다.

낮게 낮게 날고 있는 갈매기떼도 아름다운 군무를 펼치고 있었다.

칭기스칸에 대한 몽골인의 정서

몽골 정부 지식인들과 함께 시내의 한적한 식당 방에서 내가
KAL기내에서 사온 배가 볼록한 자줏빛 양주병이 거의 다 비워
지고 있을 때였다. 술을 들어 이 이야기 저 이야기를 서로 주고
받았기에 나는 갑자기 화제를 돌려 '앞으로 당신네 나라의 경제
발전에 중요한 모멘트가 될 수 있는 깜짝 놀랄 이벤트를 만들고
싶은데 그것이 가능하겠느냐?' 고 다짜고짜로 힘을 실은 제안을
불쑥 던져 보았다. 물론 그들은 반색을 하면서 나의 물음에 뭐
든지 국가 발전에 도움이 된다면 할 수 있다라고 자신감 있게
말했다.

그래서 나는 그들에게 '세계사에서 전무후무하게 역사적 베
일에 가려져 있는 칭기스칸의 무덤을 발굴하여 성스럽게 잘 보

존하면서 역사적인 문화 유적지로 만들면 영원한 수수께끼 같았던 그 유적지 답사를 위해서, 세계인들의 발걸음이 줄을 이을 것이고 이를 계기로 몽골이 전 세계적으로 주목을 받는 국가가 되어 관광산업 및 국가 경제 발전에 큰 도움이 될 수 있을 것이다' 라는 뜬금없는 제안을 해보았다.

느닷없는 제안에 그들의 표정은 순간 굳어져 가고 있었다. 그들 중 한사람이 '그것만은 절대 불가능한 일이죠. 현재로선 몽골인들의 정서나 여론에 반할 뿐만 아니라 위대한 칭기스칸을 욕되게 하는 것 입니다' 라고 약간 불쾌한 표정을 지으며 자기 목이 잘린다는 시늉으로 오른손 엄지 손가락으로 자신의 목을 가리키고 있었다.

사실 나는 외국인으로서는 최초로 '젊은 학자들을 지지하는 재단' 의 명예위원이 되고 나서부터는 몽골의 경제발전에 대한 관심이 더욱 커져 갔지만 '무엇부터 어떻게 실천해야 하는가' 하고 고민하던 중이었다. 가부는 차후문제였지만 그런 제안의 배경에는 칭기스칸의 무덤 발굴과 보존 그리고 역사문화 관광 사업에 관해서 몽골 정부의 협조를 받아 그 사업을 주도하고 싶었던 속셈도 있었던 것이다.

익히 알려진 바와 같이 칭기스칸은 어렸을 때, 타타르 부족에게 아버지 에누헤이를 잃고 홀어머니 밑에서 천추의 한을 품은 채 무인으로 성장한 후 흩어져 있던 모든 부족을 평정하며 몽골

초원을 하나로 통일 시켰으며, 자신의 출생지인 오논 강변의 초원에서 최고의 지위인 칸(Khan) 자리에 올라 유라시아를 호령했던 대정복자가 아니었던가?

한 유목민족에서 동서남북으로 만주, 러시아, 인도, 시베리아에 이르는 대제국을 세워서 남겨놓고 13세기경인 일천 이백 이십 육년 여름의 폭염속에 원대한 삶을 마감했다. '나의 죽음을 비밀로 하라' 라는 그의 유언 때문에 그의 장례식에 참석했던 사람들을 모두 죽였다는 설과 장례행렬이 고향에 도착했을 때, 칭기스칸의 시신은 온데간데 없고 텅 빈 관만이 있었다는 옛 기록만 있을 뿐이다.

칭기스칸의 공식적인 무덤은 몽골고원의 '아마브르한 할루산' 으로 기록 되어 있지만 정확한 그의 무덤은 매장 당시 금단의 구역으로 지정 돼 그 어느 누구도 모른다고 하고 있다. 몽골인과 대화를 가져보면, 그들의 자존심을 지켜주는 마지막 안주감은 바로 칭기스칸이요 또 그 다음 몽고반점이 꼭 등장한다.

우리의 술자리가 나의 제안으로 처음에는 약간 서먹서먹 했지만 차츰 긴장이 풀리고 다시 처음의 분위기로 돌아갈 무렵, 목이 잘린다는 시늉을 한 그 사람이 이제는 제법 의기양양하게 '혹시 한국에서 몽골반점 이야기를 들어본 적은 있느냐?' 라고 물어왔다. 나는 그 묻는 의도를 잘 알고 있었기 때문에 자존심을 살려줄 요량으로 '몽골반점을 갖고 있는 한국 사람은 많지만, 나는 안타깝게도 몽골반점을 갖고 있지 않아서 아쉽게 생각한다'고 대답했다. 그러자 또 칭기스칸은 어떻게 생각하느냐고 물어왔다. 나는 물론 '칭기스칸은 위대한 인물로서 국적을 떠나서 존경한다' 라고 말했다 그리고 내가 제안했던 칭기스칸의 무덤 발굴 이벤트에 대해서 만약에 오해가 있었다면 널리 이해해 달라고 했다. 한편 몽골인의 전통적인 사고방식을 모르고 위대한 칭기스칸을 욕되게 했다는 생각을 떨칠 수가 없었다.

몽골인들에게 칭기스칸의 '말' 특히 유언은 곧 영원한 하늘의 명령이었으며 지금도 그 목소리가 황량한 대초원 지대에서 그들에게는 또렷하게 잘 들려지고 있으리라 본다. 다 같은 몽고리 언계이지만 비옥한 땅을 밟고 살아가고 있는 나에게는 들리지도 않았고 들을 수가 없었다. 직계 몽골인들에게만은 칭기스칸은 영원한 신일 수밖에 없을 테니까. 나의 제안은 크게 보아 같은 몽고리언이지만 서로 다른 가벼운 문화충격을 체험할 수 있었던 좋은 계기는 되었다.

건강은 새벽 산행에서부터

　현대를 바쁘게 살아가고 있는 우리들에게 산은 빼놓을 수가 없는 좋은 휴식공간이 아닐 수 없다. 일상에 묶이어 너무 바쁘고 건조하게 살고 있는 우리들에게 휴식할 수 있는 공간만큼은 그 무엇과도 바꿀 수 없는 소중한 것이 아닐 수 없다.

　나에겐 산에 오르는 새벽시간 만큼은 정말 귀하고 소중하다. 한 걸음 한 걸음 산을 오르면서 소중한 가족들의 얼굴을 다시 한 번 상기시켜 보기도 하고 소중한 내 어머니의 사랑을 되새겨 보는 여유로운 휴식시간이기도 하며, 또 삶을 재충전 하는 산소와도 같은 귀하디 귀한 시간이기도 하다. 사방에서 뿜어내는 상큼한 산소를 마음껏 들이키면서 산을 오르면 보이지 않는 내 몸의 구석이 마치 깨끗한 물로 헹궈져서 무병장수 구십수는 거뜬히 넘길 것만 같은 자신감이 들기도 한다.

또 산에 오르면 청량감에 젖어서 지금 진행 중인 주요한 현안들을 다시 점검하고 구상하기도 하고 그런가 하면 세워놓은 삶의 목표치를 향해서 돌진할 수 있는 용기와 지혜도 얻는다. 그리고 겸손과 남을 이해하고 배려할 수 있는 마음을 다질 수도 있어서 나는 무척 산을 사랑하고 새벽산행을 좋아한다. 나는 주로 집에서 그렇게 멀지 않은 아차산을 오르고 있다. 부지런히 산에 오르면서, 아차산의 약수터 부근에서 두 분의 할머님을 늘 만나게 된다. 한 분은 올해 예순 여섯으로 인절미 떡과 커피를 팔고 계시는 조할머님이시고 또 한 분은 올해 여든으로 늘 산행을 하시는 최씨 할머님이다.

떡과 커피를 팔고 계시는 할머님은 이곳에서 37년 동안 떡을 손수 만들어서 팔아 자식들을 모두 공부시켰고, 가족을 부양했기 때문에 단 하루도 쉴 수가 없었다고 말씀하셨다. 나는 산행을 마치고 내려오는 길에는 꼭 떡할머니께 들러서 남아 있는 떡을 모두 떨이로 사서 집으로 가지고 온다. 노인께서 하시는 일이라 조금이라도 도움을 드리고 싶은 배려에서다. 팔다 남은 떡을 모두 사가지고 오면, 내 어머니께서도 제법 맛있게 드시기에 부지런히 사다드렸다. 그분과는 어느새 친숙한 사이가 되었고, 이제까지 살아오신 그분의 삶도 이해하게 되었다. 젊은이 못지 않은 목소리에다 민첩한 동작은 도저히 칠순을 향하고 있는 분으로는 믿기 어려울 정도다. 오랜 세월 새벽산행으로 다져진 건강으로 지금까지도 떡을 팔고 계시는 것이다.

또 여든이신 최씨 할머님도 연세에 비해 무척 정정하시고 그렇게 연세가 들어보이지는 않았다. 그분께서는 산 속으로 들어오시면 입을 크게 벌리신다고 하셨는데, '좋은 공기를 많이 마셔야지. 그래야 건강한기라, 따로 무슨 약이 필요하냐?' 항상 이렇게 말씀하셨다.

그 속뜻을 풀어 생각해 오면 아마 몸에 좋은 약을 챙겨 드시기에는 형편이 되지 못하는 것을 짐작할 수 있었다. 또 매일 약수터가 있는 산허리에까지 새벽 등산을 하시니까 더욱 더 건강하신 모습을 유지할 수도 있겠지만 한편으로는 건강한 체질을 타고 나신 것 같다.

어려운 가정형편으로 인해 하루도 쉴 수 없이 떡을 파시는 할머님과 따로 사치스러운 보약 한 재 드시지 않아도 건강하게 수를 하시는 여든의 할머님을 보면서 나는 골골하게 병치레를 하며 생활하고 있는 많은 노인 어른분이 안타깝게 느껴지곤 한다. 모든 기계들도 작동이 멈춰져 있으면 쉽게 고장이 나듯이, 우리 몸의 구조도 활발하게 움직여주고 하루에 만보걷기 운동도 생활화 하면 각종 성인병도 미연에 방지할 수 있겠구나 싶다. 물론 감기라든지 몸살 같은 잔병치레도 가실 것 같다.

온 몸을 움직여 주는 새벽의 산행이야말로 이 얼마나 값진

운동인가? 누구나 조금만 부지런해지면 각자 살고 있는 집 가까이 있는 산을 체력의 한계 내에서 오르내리면 건강한 생활이 보장되리라 본다.

산행을 마치고 돌아오는 길에서 맛있는 떡을 한 입 베어 물어 보는 맛은, 이 세상의 그 어느 귀한 음식보다도 맛있고 귀하다.

오늘도 나는 그분 할머님께서 다 팔지 못한 떡을 모두 사서 비닐 봉지에 넣고 작은 선행을 했다는 기쁨으로 산을 내려오고 있다. 떡갈나무 위에서 지저귀는 새소리가 오늘 따라 유난히 즐겁게 들리는 것 같다.

어느 외국시인과의 만남

나는 몽골 시인을 한 사람 알고 있다. 어느날 그에게 꿈을 물은 적이 있다. 그는 몽골 최초의 노벨문학상 수상자가 되는 것이라며 매우 심각하고 진지한 표정으로 소매를 걷어 붙이면서 벌써 노벨상 수상자가 된 양, 걸걸한 목소리로 특유의 재담을 늘어 놓았다. 그는 다른 사람이 아니라 몽골의 유명 시인으로서 내 친구가 되어있는 '바이라' 시인이다. 일명 '콧수염 친구'로도 불리는데 조금 건들건들하게 보이지만, 본 바탕은 선량하기 그지없는 친구이다. 유난이 눈빛이 빛나기도 하는데, 그는 급한 성미탓에 함께 식사를 해보면 게눈 감추듯 순식간에 음식을 먹어치운다. 그리고 보드카 술기운이 좀 오른다 싶으면 자신의 애송시를 영락없이 온몸으로 낭송한다.

또 어느 해 연말 저녁모임에 나타난 그의 헤어스타일에 놀란 일도 있다. '머리숲에다 무슨 기름을 부었기에 그렇게 번쩍거리느냐?'고 핀잔을 주자 그 친구 왈, '아무것도 바르지 않았네' 하면서, 화장실 쪽의 거울을 들여다 보고는 특유의 너털웃음을 지어보이면서 '당신을 만난다는 기쁨에 좀 심하게 흔들었더니 그만 머리 땀이 많이 차서 그래' 하는 것이었다.

땀에 젖어 있는 옷이야 축축해 보이기도 하고 후줄근해 보일 수도 있겠지만, 땀에 흠뻑 젖어있는 머릿결은 오히려 멋져 보였다.

사실 몽골인들은 연말이 되기 십 여일 전부터 한 해를 무사히 잘 보내고 희망에 넘치는 새해를 맞이하기 위해서 연회를 즐기고 서로 선물을 교환하고 기력이 다 떨어질 때까지 춤추며 노래하고 울고 웃으며 즐기는 것이 연례행사처럼 되어 있다. 그래서 그도 그 연말 초저녁 모임에 참여하여 땀범벅이 되도록 그렇게 놀았던 모양이다.

그는 일찍이 외국여행을 많이 해서인지 통찰력이 뛰어나고 좋은 사람 사귀기를 좋아해서 그의 마음에 든다 싶으면 끝까지 함께 어울리는 약간은 좌파적 성향의 지식인이기도 하다. 가진 자는 모두 도둑이라는 논리를 보이며 부조리한 자기 나라의 현실에 절망 한다면서 격정적으로 울분을 토해내던 사람이다.

때로는 그의 말이 견백동이堅白同異하게 들리기도 했지만, 인간과 자연 그리고 사랑과 죽음에 대해서 군더더기 없이 예리하게 판단해 내는 독특한 매력도 있어 좋은 외국친구로 삼고 있다. 특히 그의 지독한 야유 속에는 정치인들의 위선과 허위의식이 빠질 수가 없고, 어느새 분노에 찬 그의 목소리는 높아져 간다.

고국 몽골을 무척 사랑하면서도 현실의 모순과 불평등에 대해서는 지쳐서인지 아니면 정부가 두려워서인지 감히 아무도 정부를 비판 못하고 있을 때, 그는 거리낌없이 정부를 신랄하게 공격해서, 목 타고 있는 사람들의 마음을 후련하게 해주는 소신 있는 정치가 아닌 정치가가 되어 주기도 했다.

내가 그를 처음 만난 것은 몽골에 사업상 가 있을 때였다. 그가 신문기자로서, 나를 인터뷰하러 호텔 로비로 찾아 왔다. 그날 많은 이야기를 나누었다. 인터뷰 후 술잔을 기울이다 보니, 웬일인지 몽골의 고려에 대한 침략과 지배 이후로 약 칠백 여년이라는 엄청난 시간적 간극이 있음에도 불구하고 실감이 나지 않을 정도로 너무나 가까운 내 이웃이나 형제처럼 나에게 느껴졌다. 그 이후 우리는 자주 만났다.

그는 때론 정신병을 앓고 있는 환자처럼 적의에 찬 언행을 보이기도 했고 또 무조건 자기의 판단이 옳다고 부득부득 우기는 외고집을 부려보다가도 갑자기 무기력해지면서 지독스런 불안

감에 시달리곤 했다.

그 당시 그는 분명히 극심한 고통과 좌절 속에서, 어두운 몽골의 초원에 다시 새 풀이 돌아나기를 통곡하면서 기도 올렸을 것이다. 그리고 몽골의 위대한 대자연은, 그 땅의 주인인 바로 자신을 그 땅에 머무르게 하여 위대한 노벨 문학상의 작가로 거듭 태어나게 할 것이라는 강한 신념이나 확신이 있었을 것이다.

그래서 먼 훗날에 우리의 만남은 서로의 영혼을 새롭게 갈무리 할 수 있는 계기가 되었고, 뿐만 아니라 크고 작은 유혹과 절망이 있을 때 서로를 지켜주고 위로하는 아름답고도 귀한 만남이었다는 것을 다시 한 번 보드카 술잔을 기울이면서 말할 수 있을 때가 꼭 오리라 본다.

콧수염을 휘날리는 친구 바이라!

우리의 고향은 바람 속에 있다네. 생각보다는 훨씬 긴 여정이 우리네 인생일세. 그러므로 내가 자네 손목에 채워준 스와치 시계의 시침과 초침이 돌아가는 소리가 살아있는 한 우리들의 우정은 더 깊어질 것이네. 언젠가는 자네에게도 행운이 올걸세. 그럼 안녕.

유목민 출신 경비원 T씨의 기지

    지금 내마음 속에 깊이 각인되어 있는 한 사람이 있다. 지난해 까지 몽골의 현지 법인회사의 경비직원으로 H호텔 공사현장에서 성실하고 영특하게 일했던 유목민 출신 트수돌 T씨가 바로 그 사람이다.

    몽골은 자원이 풍부하다지만 넓은 영토에 비해 경제 인구의 절대적 부족으로 인해, 개발이 제대로 되어있지 않은 취약한 경제구조를 갖고 있다. 특히, 시골 유목민의 삶은 점점 어려워지고 있는 실정이다. 그동안 목축업에 의존해 오던 시골 유목민들의 도시 진출이 부쩍 늘어나고 있는데, 이들 중의 한 사람이 바로 경비원 'T씨' 였다.

    사실 나는 T씨를 만나기 오래 전 부터 그의 부모를 먼저 알고 지내왔다. 그분들이 사시는 집(Ger)이 바로 우리 호텔 공사현장 근처에 있었기 때문이다. 그분은 과거 공산주의 치하에서 역사 과목을 가르쳤던 선생님이었는데 명예심이 꽤 강했다. 시간만 나면 초원에서 나와 마주보고 앉아 도란도란 정답게 얘기하는 시간을 낙으로 삼았다. 그리고 몽골의 대부분의 노인들처럼 사계절 내내 전통 옷인 델(Del)을 입고 말가이(Malgai) 모자를 눌러쓰고, 꼬리를 늘어뜨린 황갈색의 개를 데리고 다정하게 곧잘 초원을 거닐곤 했다.

눈보라가 치던 어느 겨울 날이었다. 호텔 공사 현장에 머무르고 있던 나를 느닷없이 방문한 그는 자기 집에 초대하고 싶다는 말을 불쑥 건넸고, 그 성의를 거절할 수가 없어 그 날, 예정에도 없던 그분의 집을 방문하게 되었다. 집안에서 먼저 담배가 담긴 병을 서로 교환하였고, 그분의 아내가 정성껏 준비한 우유차를 마시면서 마음이 따뜻한 분임을 알게 되었다. 대화 도중에 아들의 취업을 부탁하였는데 인사 청탁의 주인공이 훗날 경비원 T씨였었다.

T씨는 마흔이 넘도록 시골에서 목동, 유목민으로 살아오다가 난생 처음 도시 울란바트르로 올라 왔다고 했다. 아마 그의 부친이 도시로 불러들인 것 같았다.

살을 에이는 듯한 초원의 바람 속에서 처음 만나본 T씨는 너무 왜소했을 뿐만 아니라, 성격도 활달하지 못했으며 나이에 비해 아주 겉늙어 보이기까지 했다. 또 수줍음도 몹시 타서 한 마디의 말도 하지 않고 그저 빙긋이 웃고만 있었다. 경비 업무수행의 기본 조건은 건장한 신체에다, 행동도 민첩해야 하는 만큼 우선 힘든일을 저 사람이 과연 해낼 수가 있을까 하는 의구심이 앞섰다.

그러나 그에 대한 나의 우려가 기우에 불과하였다는 사실을 나중에 알게 되었다. 겉모습에서 비치는 그의 행동은 소극적이었고, 직원들과도 잘 어울리지 못하고 있는 듯 했지만, 실상은 자기가 맡은 경비업무의 강한 책임감 때문에 일부러 겉돌고 있었던 것임을 알게 되었다.

어느 날 회사 사무실로 불려온 T씨는 관리 지배인으로부터 호텔 경비일지의 부실한 기재 내용 때문에 심하게 추궁을 받고 있었다. 그런데 그는 오히려 빙그레 웃으면서 상의 주머니에서 꺼낸, 색이 바랜 노트 한 권을 관리 지배인에게 건네주었는데 그 내용이 확인되자 그만 냉랭한 분위기가 일시에 한바탕 웃음판으로 바뀌었다. 처음에는 경비 업무일지가 제대로 작성되다가 어느날 갑자기 날씨 등 불필요한 내용으로 채워지곤해서 추궁을 받는 셈인데 거기에는 그럴만한 이유가 있었던 것이다.

사무실에서 멀리 떨어져 있는 큰 공사의 현장 일수록 눈코 뜰 겨를도 없이 일은 바쁘게 돌아가기 마련인데 그런 틈에서도 꼭 업무에 충실치 못한 사람은 있기 마련이다. 직원들을 관리 감독해야 활 책임이 있는 엔지니어가 게으름을 피우고 문제를 일으키는 경우는 아주 드문 일인데, T씨는 그 빛바랜 노트에다 아주 상세하게 그들의 근무태만, 음주행위 등등 일거일동을 꼼꼼히 기록해 놓았던 것이다.

자기에 비해 키도 크고 힘도 세고 성격도 거친 책임 기술자 몇 명에게 오랫동안 심하게 협박을 당한 이후부터 이중장부 일지를 쓰게 되었다는 설명을 듣고 나는 깜짝 놀라지 않을 수 없었다. 자신들의 일탈행위를 부끄러워 할 줄 모르던 T씨의 상사였던 그들은, 직위와 힘을 이용해서 촌뜨기 T씨를 눈 뜬 장님으로 만들어 놓았다고 자만하고 있었던 사이에, 이미 적자생존의 이치를 대자연으로부터 배웠던 T씨는 그들에게 겉으로는 적당히 비위를 맞추면서 영리하게도 그의 업무에 책임과 의무를 충실하게 완수해 나갔던 것이다. 그런 T씨의 속내를 어느 누구도 읽어내지 못했음은 물론이다

이 일을 생각해 보면서 나는 잠시 동물의 세계를 생각해 본다. 강한 동물에게 약한 동물은 항상 잡아먹히는 것 같지만, 지금도 강한 동물과 약한 동물들이 함께 공존하고 있다. 그것은 비록 맹수에 노출되어 있는 약한 사슴일지라도 지혜가 있으면 살아남을 수가 있기 때문이다. 경비직원인 T씨의 경우도 마찬가지다. 아마 그의 슬기로운 지혜는 몽골의 변화무쌍한 환경 속에서

터득한 적자생존의 진리를 일찍 깨닫고 있었기 때문에 나왔을 것이다. 그는 경비실에 비치된 원본인 업무일지에는 상사에 대한 내용은 일체 기록하지 않고, 자신의 상의 깊숙한 호주머니에 늘 지니고 다녔던 그 손바닥만한 기록장에다 그날의 주요내용을 하나도 빠짐없이 다 기록해 왔던 것이다. 적자생존의 지혜요 적자생존의 기지였다고나 할까.

창밖을 불현듯 내다보니 해가 이미 뉘웃뉘웃 저물고는 서쪽 하늘가에는 뭉게구름이 피어 있다. 그 구름사이로 환하게 웃는 T씨의 얼굴이 떠오른다. 나도 환한 웃음을 보내 본다.

어느 시골 유목민 집 방문기

몽골에 있을 때였다. 시골 어느 유목민의 집으로 가기 위해 한 없이 넓은 초원의 한 가운데를 가로질러서 지나갔다. 가는 길의 양면으로 펼쳐진 초원에는 양, 염소, 말들이 무리지어 다니고 있었다. 정겨운 모습들을 가까이서 보고 싶어서 차에서 내려서 그들에게로 다가갔다.

그런데 가까이 가면 갈수록 그들끼리 무슨 소리를 내면서 떼를 지어서 뒤로 물러서고 또 뒤로 물러서는 것이 아닌가. 자연의 일부인 유목민이 아닌, 자연과는 거리가 먼 이방인인 내가 무서워서 도망치는 것이 아니라, 가까이 하기엔 '너무나 먼 당신'처럼 느끼고 있음에 분명했다. 문명 속에서 살아온 내가 겉모양새가 아직은 낯설고 문명 냄새가 나는 대상이라서 슬슬 피하고 있다는 것을 금방 느낄 수가 있었다. 나도 참 묘한 느낌을 가지고 양떼 곁을 떠나 발길을 돌렸다. 그런데 살포시 내린 금쪽같은 낮비에 촉촉하게 젖은 초원을 밟아보니 걷는 기분만은 아주 상쾌했다. 방금 전 양떼들에게 다가갈 때는 왜 이런 느낌을 느끼지 못했을까? 아마도 고향을 떠나온 자만이 느끼는 외로움도 있었으리라.

현재의 몽골은 옛날과 같은 유목사회는 아니다. 그러나 국토의 태반을 차지하는 초원지대에서는, 그들의 원형 천막집인 게르에서 살고 있는 유목민을 쉽게 볼 수가 있다. 그들이 사는 시골로 가면 갈수록 일단 게르에 들어가면 행동 하나하나를 그들의 전통 관습에 따라 한 치도 어긋남이 없도록 행동해야 한다. 그러나 찾아온 손님이 무슨 실수를 했다고 금방 기분 나빠 하지는 않는다. 그것은 '모르고 행하는 사람 벌하지 않는다.' 는 그들의 속담이 몸에 배어 있기 때문인 것 같다.

몽골인들은 자신이 거주하는 게르에 친척을 맞이하는 것처럼 스스럼없이 남을 초대하는 생활 관습이 있고, 아이들은 아이들대로 발그레한 볼을 하고 어디선가 뛰어와서는 해맑은 눈으로 인사하는 습관과 예절이 있다. 이런 친절과 반가워함이 곧 고국에서 심신이 지쳐있는 나에게 기쁨과 위안을 안겨주기에 일부러 찾아간 것이다. 게르의 중앙에 놓여있는 난로는 우리의 옛날 시골집 방안에 있던 화로火爐 기능과 유사한 것이다. 우리의 화로에는 숯불이 방안의 온기를 더해주었다면, 몽골의 난로는 땔감인 나무로 불을 피우는 차이가 있을 뿐이었다.

나는 난로 아궁이에다 장작불을 넣고 불을 붙여서, 나무가 타는 모습을 무척 좋아한다. 불을 지펴보면 나뭇조각이나 종이 하나만으로는 불이 잘 지펴지질 않고 땔감나무들이 서로 얼기설기 걸쳐져 있을 때 가운데를 공기가 들어가게 봉긋 뚫어서 불을 지피면 사방으로 불길이 일어나는데, 처음에는 그 사실조차도 몰랐다. 이것이 게르내의 몽골 유목민 삶의 한 방식임을 이해하게 되었다. 낮에는 따뜻하다가도 밤이 되면 기온이 뚝 떨어져 일교차가 심했다.

처음에는 계접스럽게 느껴졌던 그들의 게르가 마른 장작으로 지핀 불이 활활 타올라 열기가 차오르면 금새 가족 간에 인정이 넘쳐나는 곳으로 변했다. 그러면 어느새 나는 정든 카페에 온 것처럼 아주 편안한 분위기에 젖고 있음을 알았다. 그 게르에서 아직도 발효 중인지 거품이 부글부글 솟아오르는 마유주馬乳酒를 대접을 받고 나는 유목민 집을 떠나왔다.

혹독한 기후와 어려운 환경 속에서도, 고단한 삶의 모습은 애써 감춘 채 인정스럽게 대해주던 그 가족들을 지금도 잊을 수가 없다. 인정이 점차 고갈되어 가는 우리 사회의 영악한 도시인들보다는 초원에 펼쳐지고 있는 유목민들의 삶이 더 행복할 수도 있을 것 같았다.

초겨울 저녁임에도 태양은 붉은 기운을 뿜어내고 있고, 황홀한 석양의 건너편에는 방긋하게 떠오른 달이, 초원을 달리고 있는 나에게 손짓을 하며 걸음을 멈추게 만들었다. 그리고 달은 나에게 이렇게 속삭이고 있는 것 같았다. '나도 유목민 가족을 내려다보면, 한편은 반갑고 다른 한편으로는 슬프게 보이기도 하지.' 라는 메시지를 나에게 전하고 있는 듯 싶었다.

어머니의 사랑 닮은 아차산

산새들의 지저귐이 유난히 고운 이른 아침, 아차산은 녹음으로 출렁인다. 오늘도 나는 어머니와 함께 산에 오른다. 금년 95세로 거동이 불편하셔서 집에 계신 내 어머니를 생각하면서, 어머니를 가슴에 모시고 아차산 계단을 하나씩 오르고 있다. 아차산은 큰 바위가 병풍처럼 둘러져 있다. 넓고 큰 바위들을 보노라면 어머니의 강인한 의지가 보이고, 빼곡히 들어선 울창한 숲은 어머니의 넉넉한 가슴 같아서, 어머니의 따뜻한 음성이 들리는 듯하여 새벽의 이 산행이 보석처럼 느껴진다.

16년 전 아버지께서 작고하신 후로, 쓸쓸히 고향 본가를 지키신 어머니! 그 외로움을 조금이라도 덜어드리려고, 매주 토 · 일요일은 고향집으로 내려가 어머니를 모셨다. 그러나 이제는 너무 연로하셔서 서울집에서 어머니를 모시고 있다. 하루가 다르게 건강이 기울어지시는 모습을 뵈올 때, 가슴이 찡하게 아파온다. 강인하신 어머니를 닮은 나는 언제나 주어진 환경이 '도전' 그 자체였다. 누가 뭐라 해도 내 자신이 하고자 하는 일은 뜻을 굽히지 않고 열심히 삶을 영위해 왔다. 그래서 많은 부분을 일궈냈다고 자부하지만, 사실 오늘이 있기까지는 성실한 내 노력도 있었지만, 그 속에는 바다 같이 넓은 어머니의 사랑이 계셨기에 가능하였으리라.

나는 거북이 등처럼 주름이 잡힌 바위들을 지나서 푸른 숲이 가슴을 열고 있는 산허리에 도착했다. 내 어머니의 미소 같이 바람에 흔들리는 나뭇잎들은 일제히 박수를 친다. 숲의 소리는 밝게 웃으시던 어머니의 경쾌하신 웃음처럼 들려온다.

지금으로부터 95년 전에 이공 선생의 차녀로 태어나셔서 엄격한 유교식 가정교육과 규수수업을 마치신 후 어머니께서는 아버지와 결혼하셨는데, 전씨 문중의 대종가 맏며느리로서 시부모는 물론, 7남매의 시동생과 시누이를 친히 봉양하시었고 당신 슬하의 우리 육남매를 한 집에서 부양해 오신 대가의 대모로서, 부양가족 13명 모두가 사회에 입성하여 성공할 수 있도록 헌신적인 사랑을 쏟으신 분이셨다. 시부모님께도 정성껏 효를 올린 효부셨으며, 16년 전에는 '결혼 60주년 기념 회혼식'을 치루셨고, 부부간의 금실도 이웃에 귀감이 되신 어른으로서 어려운 이웃에 대한 인간적인 배려가 남달라, 지역사회로부터 효부·열녀상 후보로 추대 받으신 한국의 대표적인 여인상인 신사임당 같은 자랑스런 내 어머니시다.

지금 아차산에는 안개가 산허리를 휘감으며 아름다운 자태로 새벽에 산을 찾은 이들을 반갑게 맞이하고 있다. 그 속엔 어머니도 동행해 계신다. 가만히 떠오르는 어머니의 인자하신 모습 속에 지난날의 추억 한 장이 진하게 가슴을 적셔온다. 유난히도 장마가 길었던 새벽산행의 기억이다.

새벽에 아차산을 산행하는 도중이었다. 깊은 산 속에서 갑자기 굵게 떨어지는 빗줄기와 함께 비바람이 거세게 휘몰아쳐서 대부분의 사람들은 산행을 포기하고 하산하고 있었다. 그런데 먹구름과 굵은 빗줄기 사이로 내 어머니께서 나와 동행하고 계심을 깨달았다. 그래서 하늘 같은 어머니의 사랑이 나를 지켜주고 계셨고 평소 '할 수 있다' 는 강인한 정신을 심어 주셨기에 비가 억수 같이 쏟아지는 빗속의 산행도 포기하지 않고 편안한 마음으로 정상까지 오를 수 있었다.

지금 나는 95세의 어머니를 내가 봉양해 드리는 것이 아니라 어머니께서 아직도 아니 영원히 나를 보살핌의 손길로, 사랑으로 돌보고 계심을 깨닫고 있다. 나는 '지역사회를 위해 봉사하는 지도자' 라는 명분으로 잠시 어머니 곁을 떠났음에 부끄러운 마음을 감출 수가 없었다. 어머니께서도 소중한 가족을 잠시 잊고, '정치'라는 탐탁치 않는 틀에 갇혀 있던 나를 용서할 수 없으셨겠지. 또 '새로운 희망의 시대'를 찾아드리겠다는 명분으로 한동안 중요한 것을 잠시 잊고 지냈던 점을 떠올려 보며 이 산행을 통해 이 아들이 아차산에서 다시 잃어버린 당신을 찾았음을 어머니께서도 기쁘게 생각하셨으리라 확신해 본다.

내 어머니와 아차산의 모습은 예나 지금이나 내 마음속에 그대로인데, 어머니께서는 앙상한 다리와 사위어진 모습으로 지금 휠체어에 몸을 맡기신 채 우리 가족과 함께 계신다. 다정하셨던 그 미소와 음성은 다 어딜 가고 초점 잃은 무표정함에, 3세 내지 5세 아기의 지능을 지니신 채 치매성 병을 앓고 계시는 그 모습에서 세월의 무상함을 읽고 있다. 아침 저녁으로 어머니께 문안을 드려본다. 병석에 누워계신 저 모습은 결코 내 어머니 모습이 아니며, 그래도 아직 밝게 빛나고 있는 눈망울 속에는 당신을 희생하시면서 삶을 살아오신 '촛불의 정신'과 아가페적 사랑이 가득 담겨져 있다. 나의 마음 속에는 '영원한 한국의 대표적인 여인상'으로 각인되어 있다.

산행을 끝내고 내려오는 하산길은 경쾌하다. 그동안 잠시 잊고 지냈던 잃어버렸던 내 어머니를 다시 찾았던 '빗속의 산행'은 평생 잊혀지지 않을 추억이 되어 있다. 세상의 욕심은 잠시 내려놓고 어머니의 사랑을 깊이 생각해보면서 하산하는 이 시간이 무엇보다도 행복하게 느껴진다. 어느 문학 행사에 초청되어 내가 축사했던 말이 생각난다. 러시아의 대문호 톨스토이의 작품에 나오는 농부 '파홈' 이야기를 하면서 '그는 한뼘이라도 더 많은 땅을 차지하고자 하는 욕망에 허덕였지만, 결국은 자신의 관을 뉘일 수 있는 단 한 평의 땅 밖에 차지하지 못했다' 는 이야기를 통해서 나는 인간 욕망의 허무를 힘주어 말한 바 있다. 이 순간만큼은 나는 생활의 도전보다는 내 어머님께 행하는 지극한 효를 다시 한 번 조용히 되새겨 본다.

언젠가는 영면하실 그 날까지 편히 모시겠다는 생각으로 하산하고 있다. 아차산의 모습이 오늘 따라 아름답게 느껴진다. 그리고 어머니의 '촛불의 희생' 을 닮은 산은 넓은 사랑과 은혜로움이 가득한 산으로 여겨졌다. 내 삶을 다시 새롭게 하는 아차산의 모습이 더욱 따뜻하고 크게 보이는 순간이다.

손계숙

◈── 약 력 ──◈

시인
진주교육대학교 졸업
한국문인협회 회원, 국제펜클럽한국본부 회원,
청다문학회 운영이사, 강남케이블TV '글사랑 시사랑' 출연,
대구일보 '大邱時評' , '달구벌칼럼' 등 칼럼 집필활동
《문예운동》 시부문 신인상, 제4회 서울문예상 신인상(서울 강남),
《문학예술》 수필부문 신인상, 수상설송문학상 수상
시집 『사랑초抄』, 『맨살의 그리움은 별비되어 흐르고』 외 다수

지구를 횡단하며
― 커서는 깜박거리고

언제 어디서부터 시작된 동행인지는 모른다. 그것은 끈질기게 '중독'으로 다가오는 불가사의한 생명체이기도 하다. 흙 속을 파헤치면서 잔 여울 소리로 수런대며 움을 티우는 생명도 있지만, 아무리 너의 심장을 조여도 시시각각으로 풀어내는 문명의 질긴 박동이려니, 너와의 만남을 소중한 '자리 매김'으로 하련다. 책상위엔 너의 숨결처럼 커서가 깜박거리고, 다시 너의 혈류血流가 지혜로 요동친다. 문명의 급류를 타고 달려오는 너의 숨결소리는 태평양을 건너 남·북 아메리카와 모든 국경을 오가는 장벽을 허물고, 다시 유럽의 지중해 연안을 돌아 홍콩의 비경秘境을 피크트램을 타고 유영遊泳하다, 아시아 대륙을 횡단하고 서울 청계천에서 몸을 풀고 있다. 어디서부터 시작된 동행인지는 모르지만 지금도 너의 건재함을 알리는 커서가 깜박거린다. 지구의 구석을 누비며.

초가을의 실루엣

목덜미 잡힌 가을이 외롭다
잊혀진 사랑만큼

쓰르라미는 목청을 조여
연시빛 울음을 뽑고
잔가지에 걸린 울음
마음이 시든 마당에 누워있다

일 년의 절대고독에서
길어낸 고백
백여일 동안
하늘을 향해 연소시키고

그래도
타지 못한 고백의 입자들이
쓰르람쓰르람
가슴을 뜯고 있다

여무는 초가을
구슬꽃나무 얼굴 위에
실타래 같은 추억 한 장이
순금으로 앉는다.

어머니

세모시 올처럼
하늘빛이 열리는 아침
패인 세월의
두께를 헤집고
숨쉬고 있는
흑백사진 한 장

희로애락의 성상星霜을
등 뒤에 감춘 채
인내가 다림질된 행주치마 두르고
준열한 삶을 털어내셨던
어머니

항상
침묵의 빛깔로 속내를 삭이며
바람 한 자락에 떨구고 간 사랑내음
앞에 선 당신
컬러사진 속의 딸을 보신다

삶의 끝에 이는 바람
추연한 하늘 저 켠 빗살 그으며
내 중심에 서 계신
어머니

숲의 노래 · 1

네 앞에 서면
네 몸 풀리는 소리 들린다

미망迷妄의 어둠을 밀쳐내고
우수를 맞은 너
연둣빛 이마가 새롭고
안면 있는 바람 옷자락도 보인다.

한껏 찬란한 봄을 기다리며
긴긴날 햇살 달구어
초록물 길어 올렸던
네 손길 눈부시다

네 앞에 서면
가슴 출렁이며 달려온
환한 봄의 간드러진 웃음과
버들강아지 눈 비비며
맑은 길을 여는

그리하여
그 길로 나를 찾아오는 사랑에
숨 막히도록
나는 가슴 설레이고.

독도 찬가

처음
하늘이 열리고 바닷길이 열리던
역사의 태동부터 오늘에까지
한반도의 수호신 그대 이름 독도여

그대 지금
동해의 일출로
영원한 조국의 가슴에 불을 지핀다

철썩철썩 푸른 파도에
이글거리는 한을 부셔가며
그대 잠못이루며 뒤척이던 나날이여

이제껏 함께했던
그대 곁엔
우리가 날 빛 되어 함께 있고
우리, 그대와 함께
심장의 고동소리 들리나니

이제 분노의 일월은 잊어버리고
사무친 공허의 세월도 잠재워버리자

그리하여
조국의 독도여 다시 일어서자
소망의 햇덩이 되어 떠오르자

푸른 동해의 깃발 펄럭이며
저 푸른 해원을 향하여
비껴간 세월만큼 다시 비상하라

그대 속에 늘 우리가 있고
우리와 그대가 함께 하나니

영겁의 세월 속에 조국의 독도여
동해의 일출과 함께
그대 영원토록 눈부시리라

아이 러브 제주 · 1

— 한라산에서

투명한 정적으로
이리도 장한 눈부심
또 있으랴

정진의 시간으로
침묵해 봅니다

우주를 품고 있는
귀한 당신의 가슴을 향해
사랑합니다
사랑합니다 라고 노래했던
어리목에서
당신과의 밀월은
단물처럼 흐릅니다

흙을 사랑하라
숲을 사랑하라
자연을 우러를 줄 알게 하신

산자락마다 묻어있는
큰 사랑은
한라산의 정기로
다시 피고 지고

아이 러브 제주 · 3

— 서귀포 앞바다

하얗게 표백된 눈물 한 종지 받아
육지의 그리움을 달래보네

수박처럼 등 푸른 바다에
코발트 빛 하늘이 빠져있네

바다는
한 여름의 불탔던 정사를 접으며
짠내 나는
기다림의 고백을 육지로 전송한다

비릿한 갯내음에
맑은 꽃잎처럼
떠내려가는
하얀 포말이 아름다워

바다는
무절제 된
삶의 욕망을 훌훌 벗어던진다.

봄의 왈츠

잠에서 막 깨어난
신선한 아침을
드뷔시의 음악에 헹궈

시로 온 밤을 밝힌
내 어린 딸 시인의
유리창에 걸다

입춘이 흔들고 지나간
손등 튼 산수유나무
그 어린 이마에도
연둣빛 생명이 눈부시다

종종걸음으로 달려온
빠른우편의 성급한 당신 소식에
박동하는 샛노란 숨결

저 봄의 춤사위는
지난 겨우내 첩첩이 쌓인
내 시름까지 털어내는가.

하나가 되는 아름다운 날에

하나님의 고귀한 사랑으로 만나
둘이 하나 됨을 다짐하는
이 아름다운 오늘의 언약에
마르지 않을 사랑이여
충만하게 하소서

모래알처럼 많은 사람들 중에
인연은 이토록 하나되게 하시니

그대, 그리고 우리들의 소중한 만남
해처럼 빛날 사랑이여
영원하게 하소서

사랑은 나눌수록 커지고
나눔으로 더욱 깊어지는 사랑
날 빛처럼 빛나게 하소서

아름다운 사람아
사랑은 나눔이요 서로의 섬김이려니

이 생명 다하도록 원앙이 되소서

항상 은혜의 강물 흐르게 하시고
오늘까지 키워주신 양가 부모님께
늘 감사드리며 살아가소서

그리하여
하나님의 사랑으로 선을 이루며
그대 사랑 영원토록 함께 하소서
아름다운 사람아 오월의 원앙이여

* 서울시 의회 ○○○의원 장녀 시집가던 날의 축시

빈 가슴에 피는 안개

못내 아쉬운 언어로
남겨 논 유언들이
몸의 속살을 비우면서
풀어 풀어내는 몸짓입니다

지울 수 없는
발가벗은 아픔은
딱지 앉은
찬란한 슬픔이 되어

그대 가슴에
풀꽃 향내처럼 바스락거리고

길 잃은 당신의 추억 한 채
몸 섞어 흐르는 안개비 사이로
온 몸을 휘감아 돌며

목에 차오르는 기억들
자욱이 자욱이 게워냅니다.

백두의 정상에서

엎드린
짱짱한 숲은
하늘 한 장 들고 있었다
청빛 같은 마음으로 머무르고 싶어

깊은 가파름이
칼날처럼 서 있는

파르르 떨려오는 환희
온몸으로 담으리

무심한 저 세월은
아픔으로 익혀진 그리움을 토해내며
천지 위를 서성이고

천 년 비경에 묻힌
백두 둔덕에
붉은 햇살이 포효하며
몸을 풀고 있었다.

산사山寺에서

— 보광사 대웅전

사랑도 내려놓고
물욕도 내려놓고
바람처럼 강물처럼
살아라 하네

천마산 자락
아 보광사

부처님 자비로
윤회가 열리고

달빛 묻어있는
대웅전 뜰엔
부처님 말씀이
계곡을 깨운다

그 말씀의 길을 따라
무릎 꿇은 백팔참회에
세속의 무거운 짐 풀어놓는데

마음 둘 곳 몰라
밤새 울던 바람도
달빛을 문지르며
몸을 부리고 있네.

　* 대구일보 「좋은 아침 좋은 시」에 게재된 詩

포인세티아 꽃잎은

낙엽 지듯
바람의 세월을 떨구고
그 허허로움으로
피어난 뜨거운 몸짓

삼백예순날
침묵으로 퍼 올렸던 젖은 추억도
눈빛 타도록 보듬었던 익은 아픔도

그 긴긴 시간들이
온 몸을 파닥이며 떨고 있는데

저문 한 해나
맞아야 하는 새해를
울컥 붉게 쏟아내는
포인세티아 그 열정의 눈매여

한 덩이
비상飛上의 시간 앞에 무릎을 꿇고

사랑이여
나를 용서하고 싶듯
너를 용서하마

하여
용서하며 비워가는 순백의 마음으로
포인세티아 꽃잎은
빨갛게 빨갛게 토해내는
사랑이어라

땅끝마을 이야기

열린 사랑의 이야기가 모여 산다

온기를 적시는 추억 한 채
구릿빛 속살 간질이고
바람은 땅 끝에서 쉬고 있다

더 갈 수 없는
아픔
파도소리로 달래고

사랑하다
미워하다
바다는 육지를 그리워한다

가난한 영혼까지
품에 안으며
이고
지고 가는
여기

핏빛으로 곰삭은
동백의 열정을 들을 수 있는
참 좋은
땅끝이라네.

마젤란 해협을 바라보며

바다가
이토록
아름다운가를 이제 알았네

태평양과 대서양을 잇는
수심이 가장 깊은
육지의 낭떠러지

그 해협의
퍼런 등판 위로
파도소리 업혀 흔들리고
불덩이 같은 바람도 쉬어 가네

종일 익은 태양도 웃고 가는

푸르다 못해
시퍼런 살 드러내며
쟁반 끝처럼 둥근 수평선이
다홍빛으로 곱게 물든다

아 지구는 둥글다.

당신과 함께 춤을

눈 먼 세월의
뒤안을 돌아
남루한 시간의 경계를 박차고
저벅저벅
다가오시는
오, 아버지

등이 휘던 삶의 무게를
마른 꽃 같은
그리움의 정물로
곧추세우고

가슴 속엔

늘 먹의 새 살로 화인 새기며
열두 폭
화선지 숲 하나 키우셨네

한 획
한 획마다
올곧은 삶을 치셨던
아버지의 먹향
지워도
지워도 번져갈 뿐이다.
　　　　　— 손계숙 시집『사랑초抄』中「아버지」전문

　이 시는 나의 친정아버지를 회상해 보며 그리움의 정을 담아
본 졸시이다.
　긴 겨울의 터널을 지나 환한 봄이 걸어오는 연둣빛 생명의 시
간이 지나고, 아카시아 꽃이 흐드러지게 피는 '가정인 달'인 오
월 이맘 때만 되면 사랑하는 내 아버지의 추억으로 나는 큰 몸
살을 앓는다.
　이 세상의 어느 아버지보다도 모범적인 삶을 영위하셨던 아버
지! '사랑과 모범'을 몸소 실천하셨던 아버지의 인자하신 모습
이 지금도 진하게 여울져와 눈시울이 뜨거워진다.
　며칠 전 평소에 좋은 이웃인 K여사로부터 초청장이 왔다. 내
용인즉 친정아버지 팔순잔치에 꼭 참석해서 자리를 같이 빛내

자는 내용이었다. 한편으로는 반가웠고 다른 한편으로는 팔순 잔칫상을 못 받으시고 추억의 뒤안길로 떠나신 내 아버지의 그리움 때문에 마음이 무거웠던 것도 사실이었다. 그날 나는 단정한 정장차림으로 예를 갖추고 그 잔치에 참석했다. 식장은 즐비한 축하 화환과 축하객으로 가득했고 장내에 흐르는 선율은 축하객의 마음을 들뜨게 했다. 유명 사회자의 내빈 소개에 이어 팔순을 맞으신 어른의 약력이 소개되자 만면에 웃음을 가득 띠시고 하객들을 향하여 감사하다는 인사를 하시던 모습이 참으로 부러웠다. 나는 진심으로 팔순까지 건강하게 수壽하심을 축하드렸다. 한편 일찍 떠나가신 내 아버지의 생각에 마음이 아팠다.

　시시각각 변화의 시대를 살아가고 있는 요즘 젊은 사람들은 웃을진 모르겠지만, 아버지께서는 틈나시는 대로 우리 자녀들을 불러 모으시고 삼강오륜三綱五倫의 예법을 가르치셨으며, 출장가실 때에는 꼭 할머니 계신 안방 문을 활짝 여시고, 마루에서 큰절을 올리시며 "잘 다녀오겠습니다, 어머니." 하고 인사를 드리셨다. 몸소 효를 실행하셨던 아버지의 음성이 지금 너무나 또렷하게 되살아난다.

　"현명한 사람을 볼 때는 자기도 그렇게 되기를 노력하고, 모든 일에 최선을 다하라."고 일러주셨던 아버지의 교훈! 지금도 내 삶의 근간이 되고 있다. 또 유난히 처복이 많으셨던 아버지는 넉넉한 처가댁의 후원과 내 어머니의 한결같은 내조로, 올곧은 명예를 지키시며 깨끗한 모범 공무원의 삶에 정진하실 수 있었다. 애처가셨던 당신께서는 1972년 그해 여름에 전국적으로 가뭄이 심해 식수조차도 구하기 힘들어 나라가 술렁일 때, 물통으로 진주 남강물을 손수 길어 오셔서 강물로 밥도 짓게 하셨다. 그때 우리 가족의 마른 목을 흠뻑 적셔주셨던 내 아버지의 사랑을 영원히 잊지 못할 것 같다.

여름이면 풀 먹인 하얀 모시 한복을 입으시고 자개상에 앉으셔서 먹물로 한 획 한 획 글을 쓰셨던 그 단정하셨던 내 아버지의 영상이 떠올라 내 눈동자는 어느새 붉어진다.

훌륭한 음식과 즐비하게 늘어선 화환이 가득한 화려한 팔순 잔치, 축하객들의 박수를 받으시며, 음악에 맞춰 춤을 추시던 K여사의 친정 부모님! 호텔의 '하모니 볼룸'은 축하 분위기로 흥이 최고조에 달했다. '하모니 볼룸'에서 나도 지금 춤을 추고 있다. 진홍빛 넉넉한 사랑을 주셨던 내 아버지와 함께……. 음악에 맞춰 아버지가 이끄시는 대로 서툰 스텝을 옮기고 있다. 팔순 잔치의 주인공은 바로 내 아버지라고 상상해 보며……. 키 182cm, 바다같은 넉넉한 마음을 가지신 아버지의 가슴에 얼굴을 묻으며 서툰 스텝을 옮겨본다. 그리고 아버지의 귓전에 조용히 속삭여 본다. "아버지 진정으로 사랑합니다."라고.

팔순 잔치에 노래와 춤이 어우러진 이 '하모니 볼룸'의 샹데

리아 불빛이 청 다이아몬드 빛처럼 아름답게 흔들리고, 눈물에
젖은 내 눈빛도 흔들린다. 그리고 아버지의 하얀 미소도 흔들리
고 있다.

오, 제주! 그 섬에 가고 싶다

눈부신 그대였구나

피기위해 흔들리고
흔들리며 피어난
그대 애련한 몸짓
봄마다 걸어 나와
한 생애의 노란 생명이 되었나니

삼백 예순 날
오직 육지를 향해 달려가고픈
단내나던 그 그리움이
겹겹의 세월로 익어
사월의 하늘 아래

노오란 물결로 여울지네

성산 일출이 그대의 젖무덤에
유채꽃빛으로 투신할 때
꽁꽁 닫혔던 섬의 문은 활짝 열리리니

사월의 유채꽃보라에 취해
육지를 향한 연모의 정은
연둣빛 바다되어 춤추는데

아 그대는 영겁의 세월 속에서
피고 지고 또 피는 불멸의 사랑이어라.
　　　　　　　　　　　　　— 제주 《한라일보》에 게재된 詩

　위의 시는 「성산포 유채밭에서」라는 나의 졸시拙詩이다 제주만
의 독특한 축제 중 하나인 '유채꽃 축제' 기간 중 제주의 《한라
일보》에 소개된 작품이다.

　되풀이되는 일상의 옷을 훌훌벗고 참으로 오랜만에 제주 여행
길에 올랐다. 에메랄드빛 바다가 손짓하는 다시 찾은 제주도!
생각만 해도 가슴이 설레인다.

　나는 제주를 사랑한다. 30여 년 전 신혼여행의 달콤한 꿈이
새겨져 있는 제주가 좋다. 꽃 같은 나이! 비행기에 몸을 싣고 달
려와 그이와 함께 했던 소꿉장난 같았던 우리 신혼여행의 이야

기들이 제주의 구석구석에 아름다운 추억으로 남아있기에, 제주를 사랑한다. 또 제주의 아름다운 풍경과 넉넉한 인심들, 그리고 제주의 구수한 사투리까지도 아름답고 정겨워, 나는 제주를 사랑한다.

세계인이 모두 감탄하는 남태평양 바다! 아름답고 멋있는 절경, 세계에서 가장 수심이 깊은 바다인 마젤란해협의 등판 위에 우뚝 솟아있는 아름다운 섬인 괌ㆍ사이판을 관광해 본 적이 있다. 해마다 이 섬을 찾는 관광객들의 발길로 섬은 분주하고, 초록 비단처럼 펼쳐져 있는 필드 위에서 골프를 즐기는 관광객들, 쟁반 끝처럼 둥근 수평선 위로 금빛 찬란하게 지는 일몰의 장관은 탄성을 자아내기에 충분하다.

그래도 나는 제주가 더 좋다. 아니 제주를 더 사랑한다. 제주국제공항에 내려서 자동차로 제주 섬 전체를 한바퀴 돌아보면, 섬이 온통 아름다움의 극치를 이루고 있다. 어느 한 곳도 빼놓을 수가 없을 만큼 수려하다. 어느 조각가가 이처럼 완벽하게 제주도 섬을 조각해 낼 수가 있을까? 제주야말로 신의 걸작품이다. 제주도는 지금으로부터 약 120~70만년 전 사이에 바다 위로 솟아오르기 시작한 섬이다. 제주도를 밟는 것은 태고의 시간에 상륙하는 것이리라.

제주도는 돌의 나라다. 제주사람들에게 돌은 훌륭한 건축자재도 되고, 곁에서 묵묵히 지켜봐주는 친구도 된다. 제주사람의 일생은 돌에서 시작해 돌에서 끝난다고 해도 과언이 아니다. 위엄과 해학의 수호신인 돌하르방이 지켜주는 가운데, 돌로 담을 쌓아 만든 집에서 생을 영위하다가 죽어서도 산에 돌로 담을 쌓고 그 안에 묻힌다. 제주는 1만 8천의 신이 모여 있는 땅, 제주는 신들의 땅이며 신화의 섬이다.

에메랄드빛 바다는 제주의 역사를 지켜왔으며, 일 년 내내 축제가 열리는 섬! 매년 1월 1일 '성산일출제'를 시작으로 늦은 가을의 '감귤축제'까지 풍성한 축제의 섬인 제주를 나는 사랑한다. 섬 속의 섬인 제주도는 많은 섬을 거느리고 있고, 저마다의 전설과 이야기가 있는 이 섬을 나는 자주 찾고 싶다. 투명하리만치 맑은 바닷물, 깨끗한 백사장이 도심에 사는 우리들을 유혹하고 있다. 화산 용암이 만든 한라산! 2만 5천년 전에 대폭발로 패인 백록담. '한라산이 제주도이고 제주도가 한라산'이라는 말이 있듯이, 해발 1950m로 남한에서 가장 높은 산 한라산이라는 이름은 '은하수를 끌어당길 수 있을 만큼 높은 산'이라 해서 그 이름이 붙여졌다고 한다.

한라산은 세계적으로 멸종 위기에 처한 희귀 식물들의 낙원! 제주한란, 구슬붕이, 한라송이풀 등 세계적으로 제주에서만 볼 수 있는 희귀 식물만도 약 70여종에 이른다. 우거진 숲과 해발 1200m부터 정상까지 고산초원이 펼쳐지고, 지천으로 피어있는 야생화와 뛰노는 노루도 볼 수 있는 색다른 아름다움을 보여주는 넉넉한 어머니의 가슴같은 존재이다.

　신혼 때 나의 기도가 담겨져 있는 성산 일출봉으로 발걸음을 옮겨본다. 서귀포시 성산읍 성산리 제주의 동쪽 끄트머리에 우뚝 솟은 거대한 바위덩어리. 이곳에서 바라보는 일출은 더없이 장엄하여 제주 10경중 제 1경으로 꼽히고 있다. 바다 속에서 용암이 분출하여 생성된 성산 일출봉은 3만 여 평의 푸르른 초원이 목가적인 풍경을 만들어내고, 정상의 분화구 가장자리에는 99개의 날이 선 기암괴석들이 둘러싸고 있어 마치 거대한 왕관을 연상케 한다.

　오래 전 신혼여행 때 바로 이 자리에서 일출을 보며, 첫 아들을 점지해 달라고 기도했던 덕분인지 첫 아들을 얻었는데, 이제 청년이 된 사랑하는 내 아들도 어쩌면 이곳으로 신혼여행을 와서 엄마와 똑같은 기도를 드릴지도 모르겠다는 생각에 절로 웃음이 난다. 신혼 그 때는 너무나 어려서 그저 어른들 하라시는 대로 첫 아들을 생산하는 일이 시급한 숙제처럼 여겨졌고, 또 득남을 한 후 양가 부모님들께서 기뻐하시는 모습을 보니 '효'를 드린 것 같아 성산 일출봉에 오르니 감회가 더욱 새롭다.

　지금 이곳에서 마음속으로 기도를 드리고 있는 저 많은 사람들의 기도 내용은 과연 무엇일까? 사뭇 궁금하다. 다만 기도가 모두 이루어지길 바랄 뿐이다.

　해안도로에 위치한 명소들을 거쳐서 서귀포항에 도착했다. 여기 저기 공사하는 모습과 많은 여객선과 화물선의 모습도 보이고 항구가 바쁘게 움직이고 있다. 서귀포항을 세계의 3대 미항인 나폴리, 시드니, 리오데쟈네이로항처럼 세계 속의 아름다운 항구로 조성하기 위한 공사가 지금 한창이다. 수많은 관광객들이 아름다운 제주를 방문할 것임을 생각하니까 가슴이 설렌다.

서귀포항에서 비교적 가까운 거리에 있는 중문관광단지에는 내국인과 외국 관광객을 수용할 수 있는 특급시설이 고루 갖추어져 있고, 또 서귀포항을 세계 3대 미항처럼 아름답게 꾸민다고 하니 제주에 거는 기대가 크다. 또 동양에서 하나밖에 없는 해안 폭포인 정방폭포가 신비의 황홀경을 연출하고, 기암절벽 위에서 우레와 같은 소리를 내며 쏟아져 내리는 하얀 물기둥의 천지연폭포! 예나 지금이나 신비스럽고 장엄하기는 변함이 없다.

제주는 문화의 고장이다. 난대림이 우거진 울창한 숲을 통과하면 천지연 야외공연장에 다다른다. 한여름 밤 제주를 찾은 관광객과 지역주민을 위해서, 야외공연장에서는 시 낭송회 등 공연이 펼쳐진다고 하니 다시 찾아온 제주가 기쁨으로 충만하다. 더위로 밤잠을 설치는 많은 이들에게 아름다운 시와 음악을 선물해주는 낭만이 흐르는 멋진 섬이다.

야외공연장 무대 위로 조용히 올라가 본다. 손에 들려있는 제주 관광소개책자를 가슴에 안으며, 나의 애창 졸시 한 편을 낭송해본다. 올해 제주의 한여름 밤 축제 때에는 내가 초대받은 손님이 되어 바로 이 야외공연장에서 시를 낭송하면 얼마나 좋을까? 우리 가족 모두 이곳에서 휴가를 즐기며 많은 관광객들과 함께 제주 문화의 향기에 흠뻑 젖어보고 싶다. 그리고 곤한 일상을 벗어나서, 젊음이 출렁이는 바다와 함께 휴식하며 삶을 건강하게 재충전 하고 싶다.

다시 찾은 제주! 올 여름 휴가 때 꼭 다시 찾고 싶은 제주, 아름다운 제주여!

부산고등학교의 추억

여러해 전에 남편의 모교인 부산고등학교의 후원회 행사 참석차 동부인同夫人해서 부산을 다녀오게 되었다. 재경 부고팀들이 서울에서 부산행인 새마을호 열차 차량 한 칸을 대절해서 무척 오랜만에 즐거운 여행길에 올랐었다. 귀에 익숙한 경상도 사투리가 구수하게 들렸다. 정이 묻어 있는 대화가 서서히 오갔으며, 중간쯤 지점에 도착할 무렵부터는 적당한 양의 맥주가 곁들여지다보니 흥겨운 잔칫집 분위기가 되었다.

동행한 부인들도 조금은 어색했던 출발 무렵의 모습과는 달리, 서로 인사를 건넸으며 나도 바로 옆 자리에 앉았던 남편의 친구 부인과 자연스럽게 어울리며 이런 저런 이야기를 나누면서 마냥 즐거웠다. 우리 여자들은 일단 고등학교를 졸업하고 대학 진학을 하고 나면 여고시절을 아름답게 생각은 하고 있지만, 동창 모임이나 동문 모임에는 약간 소홀해지는 경우가 허다하다.

그런데 결혼을 하면 더욱 그런 모임에는 피치 못할 사정으로 참석치 못하는 경우가 다반사이다. 그 이유는 남편 뒷바라지를 하고 애들 돌보랴 집안 살림까지 도맡아 생활하다 보면 도저히 엄두를 낼 수가 없기 때문이다.

그런데 남자 분들은 미혼 시절이나 결혼한 후라도 특히 고등학교 모임에는 특별한 경우를 제외하고는 거의 빠지지를 않는다. 그래서 고등학교 시절의 친구들과의 인연을 소중하게 유지해 나가는 모습이 나는 아름답게 느껴졌다. 그런 성의와 열성이 있기 때문에, 모든 남편들의 동창회와 동문회 모임이 맥을 이어가고 있고, 또 학교마다 선배들의 정성어린 후원으로 모교의 중요한 일들이 해결되고, 뜻이 모아져서 그 정성이 후배들에게 전달되는 것이 아닐까?

아무튼 우리 내외도 작은 힘이지만 '함께하자'는 뜻에 동참하여 부산행 열차에 기쁜 마음으로 몸을 실었었다. 부산에서 즐거운 하룻밤을 보내고 그 다음날 개교기념일 행사에 참여했는데 예정대로 기념비가 세워졌고, 은사님을 학교로 모셔서 스승님의 은혜에 다시 한 번 감사드리는 뜻깊은 행사가 이어졌다. 나에겐 그런 모습들이 매우 정겹고 아름답게 느껴졌다.

지금까지 나는 내 모교에 얼마만큼 정성을 쏟았으며, 모교의 행사에 얼마만큼 참석했는지를 순간이나마 반성해 보게 되었다. 멀리 있거나 가까이에서 생활하거나를 불문하고 그 많은 분들이 참석해서 성황을 이룬 후원회의 행사는 매우 성공적이었고, 프로그램의 진행 모두가 정성스럽고도 격식이 있어서 무척 흐뭇했다.

남편은 부산고등학교를 무척 자랑스럽게 여겼다. 현재 훌륭한 학교들이 많이 있겠지만 그 중에서 나 역시 남편의 모교를 사랑하고 그 동문님을 나는 우러러 본다. 오랜 역사와 전통을 지닌, 명문으로서의 맥을 지금까지도 이어오고 있고, 또 선배님의 정신을 받들어서 지켜가려고 노력하고 있는 남편 후배들의 모습도 위풍당당(?)해서 그 분의 모교가 내 모교처럼 느껴질 때도 더러 있다. 부부는 '일심동체' 라고 하더니, 이를 두고 하는 말인성싶다.

모든 행사가 끝나고 다시 가장 먼 곳에서 참석했다는 서울 동문들에게, 그곳 동문들께서는 온갖 정성을 모아서 귀경열차 내에 저녁 식사용 도시락과 간식 등등을 넉넉히 준비해서 넣어주었다. 그 고마움을 뒤로하고 또 다시 만날 것을 약속하면서 우리 일행은 서울행 열차에 몸을 실었다. 평소에도 느꼈던 터이지만 남자 분들이 모교를 사랑하고 아끼고, 섬기는 마음은 그 무엇보다도 아름답게 느껴졌고 귀하게 생각되었다. 나는 귀경해서 돌아온 어느 날 내 남편의 모교를 더욱 깊이 생각하면서 부고를 상징한다는 청조淸朝 즉「파도소리」를 소재로 한 한편의 졸시를 써 보았다.

────━─⋅☆⋅─━────

청조淸朝「파도소리」

이제 막 여명이 오륙도 섬 앞 바다의 몸통을 다그치듯 담금질하고 있다. 파도는 침묵이 빛나는 언어의 물결로 다가와서 그의 혈관 속으로 고래 등처럼 푸른 숨을 들이켰다 내셨다를 반복하면서 영원한 젊음을 조각하고 있다. 설혹 바다의 가장 밑바닥인 해구에서 뿜어 올린 절망이 휘두른 은빛 칼날에 그 젊음이 무참히 베이고 베여도, 칠전팔기七顚八起의 굳센 의지로 다시 일어서는 그대. 작렬하는 불볕의 익음에도 후려치는 폭풍우의 매질에도 인내하고 또 인내하면서 시작과 끝을 공유하는 끝없는 고요속의 조요照耀를 끌어당기며 값진 구슬땀을 쏟고 있다. 철썩철썩 그대의 웃음소리 영원하리라.

중국을 처음 여행해 보며

　　우리나라와 중국 간에 국교 수립이 된 바로 그해였다. 나는 운
좋게도 중국의 주요도시를 동과 서, 남과 북을 두루 여행할 수
있는 모처럼의 첫 귀한 기회를 얻게 되었다. 세계지도를 펴놓고
보면, 우리나라는 정말 좁쌀만하다 싶을 정도로 작은 나라이지
만, 중국은 큰 나라임에 틀림이 없다. 중국의 성 하나의 면적이
우리나라 남북을 합친 것보다 넓다는 말도 들어 보았으니까. 그
때만 해도 너무나 순수했던 중국의 모습을 나는 볼 수 있었고,
모든 환경과 사람들의 모습이 '순수함' 그 자체였다. 비교적 긴
여행에서 많은 것을 느꼈지만 그중에서 백두산의 천지못 그리
고 중국 서안에 위치한 '화청지'와 '계림'과 '리강'에서의 '가
마우지 낚시'의 추억을 잊을 수 없다.

먼저 북경에서 아침식사를 끝마치고 열차 편으로 연변 지방으로 여행을 떠났는데, 긴 시간 그야말로 끝없는 벌판을 달려 달려 갈 때는 열차 안에서 지루하기까지 하였다. 그러나 마음이 잘 맞는 일행들과 동행했기 때문에 지루함을 메울 수가 있었다. 꼭 우리의 깡촌같기만 한 연변지방을 거쳐 옛날 여진족이 지었다는 여관 비슷한 곳을 지나 자동차로 백두산 여행길에 올랐다. 그 길을 안내해 주던 안내원도 매우 친절하였고, 그날 날씨도 매우 좋아서 우리 일행은 바로 백두산의 정상에 있는 천지못을 구경할 수 있었다. 하루에도 일기가 수십 번이 바뀌기 때문에 그 안내원이 우리들에게 '복 많은 사람들이다' 라고 했던 그 말이 지금도 생생하게 들린다. 너무나 높은 곳에 위치하고 있던 말로만 듣던 천지못을 보니까 눈물이 왈칵 쏟아졌다. TV로만 보던 것보다는, 매우 광활했고 수심이 깊다 못해 수박색의 등 푸른 빛깔을 띠고 있는 천지못 앞에서 나는 말문을 잃고 말았다. 북한에서는 군수물자를 사들이느라 천지못 반쯤을 중국에 팔았다는 이야기도 들었다. 북한쪽 산기슭에 하얀 보트가 반쯤 보였는데, 안내원의 말인즉, 그 보트는 김일성이 애첩과 함께 천지못에서 유람을 했던 보트를 기념으로 그냥 둔 것이라는 설명이었다. 그 말이 사실인지 아닌지는 지금까지 확인되지 않았다. 언젠가는 중국의 장백산을 경유하지 않고, 내 나라 내 땅인 백두산을 경유해서 천지못 관광을 할 날이 속히 오리라는 확신을 하면서 하산했던 추억을 난 영원히 잊지 못한다.

　다음 인상 깊었던 일은 '리강'의 선상유람이었다. 벌써 십년 하고도 수수년의 세월이 흘러서 정확한 지명은 생각나지 않지만, 계림지방에서 충분한 관광을 마치고 리강을 유람하는 유람선에 올랐다. 이 지역의 구이린에서는 잘 훈련된 물새 한 마리의 값이 황소보다 비싼 값에 팔린다고 했다. 이 물새는 부리가 길고 뾰족한 청동색의 가마우지 물새로 고기잡이의 명수로 불리는데, 리강에서는 뗏목처럼 엮은 기다란 배에 가마우지를 태우고 물고기를 잡는 어부들로 붐비고 있었다. 어부가 '오우'하고 신호를 보내면 가마우지는 쏜살 같이 물 속에 뛰어들어 팔뚝만한 물고기를 잡아 올렸다. 유람선에 타고 있는 우리들은 약 100m 정도 떨어진 곳에서 구경을 했는데 가마우지의 민첩함에 자지러지듯 놀라고 말았다.

　다음은 '계림'지방이었다. 신선이 산다고 할 만큼 아름다운 중국의 계림지방, '계수나무가 숲을 이루는 아름다운 도시'라는 말과 같이 계림의 산수는 천하제일로 꼽히기에 손색이 없었다. 계림에서 양수까지의 83km에 펼쳐지는 '리강'을 우리는 선상유람하면서 산수화를 감상하는 듯한 카르스트지형 특유의 기형적인 이만 오천 여 봉우리의 절경을 볼 수 있었다. 빼어난 풍치로 예로부터 시인과 화가들의 글과 그림의 소재가 되어 왔던 계림! 아열대 기후로 사계절 내내 따뜻하여 사람이 살기에 좋은 곳이며 중국 최고의 절경인 계림과 양삭! 이 두 곳을 '리강'의 선상유람을 통해 구경하면서 중국 여행의 진미를 맛볼 수 있었던 그 추억을 영원히 잊을 수 없다. 계림의 특산물인 향긋한 '계화주'로 우리 일행은 피곤함을 달래면서 가마우지가 고기 잡는 모습을 뒤로한 채 숙소로 돌아왔다.

그 다음은 '서안'이었다. 화청지가 있는 서안은 휴양지로서, 산세가 뛰어나고 아름다운 곳이었다. 이곳은 당나라 현종과 양귀비의 로맨스로 유명한 곳이다. 현종이 겨울철이 되면 찾아 와서 당나라의 겨울정치가 열렸다는 작은 궁궐 같은 곳엔 먼지만 자욱이 앉아 있었다. 그 뜰 앞에는 우리의 옛날 시골의 우물 같은 곳이 있었는데 화청지라 했다. 옛날 양귀비가 그 안에서 온천수로 목욕했던 곳이라고 전해져 오고 있다. 퇴락해 보이는 목욕탕 앞에는 '접근금지接近禁止'라는 글귀와 함께 그 주변이 너덜너덜한 끈으로 둘러져 있어 관광객들의 접근을 막고 있었다.

나는 이곳을 또 다시 찾지 못하리라 싶어 실례를 무릅쓰고 온천탕에다 내 엄지손가락을 담가 보았다. 김이 모락모락 피어오르던 그 물은 신기하게도 목욕물의 적정온도와 일치하였기에 감탄사를 속으로 삭이면서 '그 예쁜 양귀비가 현종의 집무실 앞에서, 적당하게 가린 몸으로 목욕을 하면서 현종을 홀렸겠구나!' 이런 생각을 하면서 양귀비의 아름다움을 다시 한 번 상상으로 떠올려 보았다. 생활여건이 허락한다면 여행을 하고 싶은 마음은 누구에게나 있다. 그때 그 목욕탕에 손을 담가보지 않았더라면 지금의 나는 얼마나 후회하고 있을까 싶다. 여행을 하고 싶은 곳이 많기 때문에 그 곳으로는 다시 가고 싶지도, 또 갈 수도 없기에 그때의 나의 작은 무례함은 '비밀스런 영원한 아름다운 추억'이 되었고, 또 지금도 온천탕의 물의 온도를 정확하게 기억하고 있는 것이다.

중국에서의 긴 여행을 몇 장의 원고지에다 어찌 담을 수가 있을까? 욕심일지는 모르지만 다음 기회가 있다면 그 뒤 몇 차례로 나눠, 방문한 중국의 모든 것을 시리즈로 엮어볼까도 한다.

나의 제자 석현이

꽃처럼 아름다웠던 갓 서른의 나이였다. 주변이 곱게 가을로 물들어가고 있던 어느 날, 내가 부산 G 초등학교 교사로 근무 중이었을 때의 일이었다. 교무실에서 직원회의가 끝나고 교실로 향하고 있을 때, 등 뒤에서 나를 부르는 소리가 들렸다. 뒤를 돌아보니 교무부장 선생님이었다. 시골에서 막 전학을 온 남학생인데 2학년 나의 반에 배치가 되었다며 석현이란 한 소년을 소개했다. 가까이서 그를 처음 대면해보니, 구릿빛 얼굴에 까까머리, 그야말로 시골 깡촌(?)에서 올라온 두메산골 아이의 모습이 역력했다. 동행한 미혼의 젊은 아가씨인 듯 싶은 고모의 말에 의하면, 한 해 두어 달 사이로 엄마와 아빠를 한꺼번에 잃었고, 동생은 할머니 댁에 보내졌고 혼자 남은 이 어린 조카가 가 없다 싶어 거두어 주려고 부산 자기 자취방으로 데려왔다면서 잘 부탁드린다는 말도 잊지 않았다. 그 고모의 설명을 다 듣고 나는 석현이를 바라보았다. 검게 그은 얼굴에 하얀 이를 드러내고 있는 모습이 너무나 처량하다 싶었다. 순간 '완전히 고아가 된 이 아이를 잘 돌봐줘야지!' 라는 생각으로 석현이와 나와의 첫 인연은 그렇게 시작되었다.

그래서 교실에서 우리 반 애들에게 '아주 먼 시골에서 전학을 왔으니까 도시생활에 익숙해질 때까지 모두 다같이 친절하게 도와야 해요.' 하고 특별히 부탁도 했다. 다른 애들보다 비교적 키가 작았고, 또 보살펴 줄 요량으로 좌석을 앞자리로 정해 주었다. 첫째 시간이 끝나고 쉬는 시간이었다.

2학년만 해도 모두 열두 학급이라는데 크게 놀란 그는, 교실의 복도를 오가면서 모든 것이 신기하다는 듯한 표정을 감추지 못했다. 그때였다. 학교 앞 철길을 막 지나가려는 기차를 보는 순간 생전 처음 보는 기차라 크게 소리쳤다. '기차다, 기차! 야~아 기차다.' 하며 창 밖으로 까치발을 세우며 그 장면에 감동을 받은 듯, 눈빛이 무어라고 표현할 수 없을 만큼 빛나고 있었다.

나는 지금 창밖을 내다보며 서 있다. 내가 석현이를 처음 만났을 때 그때처럼 지금 창 밖은 온통 황금빛으로 물들어 가고 있다. 아파트 앞마당에는 석현이의 모습을 닮은 어린이가 자전거 페달을 여유롭게 밟으며 가을풍경 속으로 미끄러져 가고 있다

참 많은 세월이 흘렀다 싶다. 이제는 30대 초입의 젊은이가 됐을 그는 지금쯤 어디서 무엇을 하고 있을까? 나는 커피포트에서 끓어오르는 물로 따끈한 커피 한 잔을 마시며, 또 다시 석현이의 초등학교 2학년 때의 담임 교사시절로 되돌아가 본다. 만난지 보름째 되던 날이었다. 목과 손등에 때가 유난히도 많아서 퇴근길에 학교 가까이에 있는 목욕탕으로 데리고 갔던 일이 생각난다. 목욕탕 주인께 부탁을 드리고 남탕의 등밀이 아저씨에게 그의 몸을 닦아 주라고 부탁했다. 나는 카운터 옆의 의자에 앉아서 철 지난 여성잡지를 뒤적이며 그를 기다렸다. 얼마간의 시간이 흐른 뒤 등밀이 아저씨와 밖을 나온 그는 기차를 처음 봤을 때의 상기된 그 눈빛이었다. 그리고 그 아저씨는 나에게

"완전 시골아이지요? 탕속에 들여보내려고 몇 번 타일러 보았지만 끝까지 탕안에 들어가질 않으려고 해서 밖에서 목욕을 시켰지요."

"석현아, 탕안에 들어가서 때도 불리고 몸도 담가보고 하지 왜 그랬니?" 했더니, 너무나 뜻밖의 대답이었다.

"선생님! 그렇게 많은 물에 어떻게 들어가요? 엄마랑 아부지랑 살 때는 쇠죽 끓이는 솥에서 따뜻한 물 한 바가지에 찬물 한 바가지 섞어서 목욕을 끝냈어요."

목욕탕에서도 하늘나라로 가신 엄마 아빠를 많이도 생각했나

보다. 나는 마음이 많이 아팠다. 어린 것이 엄마가 얼마나 보고 싶었을까 하고…….

그 일이 있는지 한 달이 지난 미술시간 때의 일이었다. 그림의 제목은 '가을의 경치'를 스케치북에다 그리는 시간이었다. 하루 전에 미술시간 준비물을 충분히 알려주고 있었는데, 그 애는 나에게 '시골 살았던 동네를 그려도 됩니꺼?'라고 물었다. 다음 날, 미술시간이었다. 교실 전체 학생을 한 바퀴 둘러보고 있던 나는 석현이 옆에 발길을 멈췄다. 애들은 스케치북에다 곱게 크레파스로 가을의 모습을 담아가고 있었는데 석현이는 시골집 마당과 뒷산을 노란색 크레파스로 밑그림을 그려놓고 그 위에다 마른 단풍잎들을 풀로 붙여나가고 있었다. 그는 '작년 1학년 때 뒷산과 마당에서 주운 예쁜 단풍잎을 엄마랑 책속에 넣어서 말렸다'면서 엄마와 고향을 그리워하며 스케치북에다 가을을 담고 있었던 것이다. 나와 시선이 마주쳤을 때 석현이의 눈동자에는 이슬이 고여 있었다. 눈물로 얼룩져 있던 그 눈동자가 생각나서 지금도 나는 가슴이 찡하다

그리고 첫 운동회 날이 다가왔다. 운동장에는 만국기가 펄럭이고 학교는 온통 축제분위기에 들떠있었다. 프로그램 중에서 엄마랑 함께 손잡고 달리기를 하는 차례가 왔다. 나는 서둘러 석현이 고모를 찾아보았다. '고모는 회사에 돈 벌러 갔어요.' 기죽은 석현이가 안쓰러워 나는 진행을 옆 반 선생님께 잠깐 부탁

드리고, 석현이랑 손잡고 함께 뛰었다. 그 추억의 시간이 엊그제만 같은데 그도 이젠 갓 서른의 청년이 되었겠지! 지금쯤 결혼을 해서 따뜻한 가정을 꾸리고 사는지 아니면 신부감을 찾고 있을까? 그 옛날에 운동회가 끝나고 남은 학용품을 건네주려고 석현이를 불렀을 때, 그 애는 쪼르르 내 품에 안기면서 '엄마 선생님'이라고 나를 부르던 그때의 목소리가 엊그제처럼 생생하게 들려온다.

어린 나이에 혼자가 되었기에 연습장의 빈 여백에 조그맣게 엄마를 자주 그렸던 그 아이. 그래서 항상 눈망울엔 외로움이 가득했던 그 석현이는 지금쯤 어디에서 무슨 일을 하며 살고 있는지 요즘은 석현이의 생각이 문득문득 떠오른다. 어릴 적엔 쓸쓸하고 외로웠던 그가 지금은 행복만이 가득하길 기원하고 있다. 그 옛날 미술시간에 스케치북에다 석현이가 붙였던 곱던 단풍잎처럼, 사위는 온통 가을빛으로 곱게 물들어만 가고 있다.

까치야 까치야

나는 산을 사랑한다. 언제부턴가 산이 좋아서 야트막한 청계산 중턱과 대모산에 자주 오른다. 한 주일 동안의 피곤했던 일상을 잠시 접고, 녹음이 출렁거리는 호젓한 산속 숲길을 걷노라면, 몸 속 구석구석을 깨끗이 씻어주는 청량제 역할을 하는 무궁무진한 산소를 마음껏 마시게 된다. 몸과 마음이 상큼해지면 나는 습관처럼 주위를 둘러보며 내가 평소 좋아하는 새인 까치를 찾는다.

그 이유가 있다. 예로부터 까치를 길조라고 했다. 집 마당에서 까치가 울면 '반가운 손님'이 온다고 했다. 까치는 주로 검정색 바탕이며, 배의 한 가운데를 지나고 있는 두 개의 흰색 줄은 블랙과 화이트의 오묘한 대비를 이루고 있다. 그리고 '기쁨'을 상징하고 있기에 좋아하게 된 새다. 그러나 이보다 더 큰 이유는 부부의 금슬이 특별하기에 무척 아끼는 새이기 때문이다. 지금까지 나는 혼자서 방황하거나 혼자서 쓸쓸하게 날갯짓 하는 까치를 본 일이 별로 없다. 항상 암수가 짝을 지어 노닐고, 함께 날아다닌다. 또 설사 먹이를 서로 쪼아 먹다가 먼저 나뭇가지 위로 날아오르는 경우라면 사방을 둘러보면서 자기 짝을 찾느라 분주하다. 원앙새 못지않을 정도로 금슬이 좋은 새가 아닌가 싶다. 이런 까치가 어떨 때는 사람들에게 교훈을 주는 것 같다. 요즘 우리는 유행병처럼 번지고 있는 이혼문화(?)의 병폐를 접하며 살아가고 있다. 살다가 헤어지는 사람들은 오죽하면 그러겠느냐 싶지마는 이혼에서 파생되는 많은 사회적 문제들을 생각하면 마음이 아파온다. 멀쩡했던 아이가 고아원에 버려지고 있다. 내가 직접 목격한 일이기도 하다. 올 여름에 너무나 더워서 저녁을 일찍 먹고 나무의자가 있는 놀이터에 바람을 쐬러 나갔다. 나무의자에 앉아서 쉬고 있는데 몇 발짝 앞에 있는 놀이기구 옆에 곱게 차려입은 젊은 여자와 유치원생쯤으로 보이는 참한 여자애의 모습이 보였다. '엄마 빨리 올게. 슈퍼에 가서 과자 사올게. 이 가방은 꼭 메고 있어.' 이 말을 남긴 채 그 젊은 여자는 슈퍼 쪽을 향해서 갔다. 이제나 하고 엄마를 기다렸던 그 아이는 기다리다 지쳐서 결국 울음을 터뜨리고 말았다. 막 더위를 식히려 나왔던 이웃의 젊은 부부에게 그 여자아이는 인

계되었고……

결혼해서 가정을 이루고 살아가고 있는 많은 부부들 중에 부부싸움 한 번 해보지 않은 부부가 어디 있을까? 이혼하고 싶은 충동을 느껴보지 않은 부부가 또 어디 있을까? 제각각 사연과 모양만 다를 뿐 이혼하고 싶은 충동은 다들 경험해 보았으리라. 또 살고 있는 반쪽은 마음에 차지 않지만, 자신의 분신인 자식을 사랑하기 때문에 인내하고 또 인내하면서 살아가고 있는 것인지도 모른다.

또 외주장이 되었건 내주장이 되었건 발언권이 강한 어느 반쪽을 맞추어 살다 보니까 미운 정 고운 정도 들다 보니 사랑하는 마음과 귀한 마음이 생겨서 오늘날까지 무던하게 살아나가고 있는 것이 아닐까? 인내와 배려 없이는 '백년해로'라는 단 열매를 맺게 할 수 없다. 양보와 사랑 없이는 부부라는 순탄한 길을 같이 걸을 수는 없지 않은가? 이혼은 절대 능사가 아니다. 서로 애틋한 사랑으로 칭찬하고 격려하며 같이 동행할 때 '행복'이라는 질그릇은 더욱 튼튼한 그릇이 될 것이다.

우리도 까치의 사랑을 닮아가자. 비록 미물에 지나지 않는 새이지만 그 금슬만큼은 본받을 만 하기에 나는 까치를 좋아 한다. 세찬 바닷바람과 그 환경에 적응하지 못했던 까치가 요즘은 제주도의 한라산 여울목에서 암수가 짝을 지어 한라산을 찾는 사람들에게 기쁨을 안겨주고 있다. 조만간 울릉도에서도 까치의 울음소리를 들을 수 있게 된다고 하니, 더욱 반갑고 기쁘다.

　나는 오늘도 산길을 걷는다. 아카시아가 빼곡히 들어선 숲 속에 한 쌍의 까치가 평화롭게 먹이를 쪼고 있다. 숲속으로 난 길은 녹음으로 출렁이고 그 위로 아담한 까치의 둥지가 보인다. 검은 부리의 까치 한 쌍이 짝임을 알려주고 있다. 부부의 정이 식어져 가는 우리들에게 '부부의 참 사랑' 이 무엇인지를 들려주는 것 같다. 숲길을 오르면서 놀이터에서 울던 그 여자애가 생각나 마음이 무거워옴은 어쩔 수가 없다.

연두색 다리미에 얽힌 사연

　평소에 내가 아끼는 물건 중 0순위로는 연두색 다리미를 들 수 있다. 어제 수리 센터에서 다리미 줄을 약간 손보아 집으로 가져왔다. 그런데 다리미 나이가 열여덟 살이나 되어서 앞으로 얼마만큼 내 곁에 머물는지 아쉬운 궁금증이 인다. 그만큼 정이 든 물건이기에, 생각 같아선 평생 나랑 같이 백년해로 하고 싶은 생각도 든다. '1988년 팔팔 서울올림픽'이 개최되던 그 해였다. 일본에 계시는 시댁 친척분이 올림픽을 참관하시려고 우리나라에 나오시면서, 일본의 영양제와 함께 일본 다리미를 시댁 부모님께 선물로 드렸었다. 올림픽이 개최되기 삼개월 전쯤에 미리 나오셔서 한국의 관광명소를 구경하시고 가끔씩은 시댁에서 주무시기도 했다. 시아버님께서는 나에게 '젊은 사람이 좋은 물건을 써야지' 하시면서 예쁜 연두색 다리미를 나에게 건네주셨다. 나는 사양하면서도 내심으로는 아주 기뻤다. 모양도 색깔도 예뻤고 무엇보다도 아주 가벼웠기 때문에 그날부터 그 다리미는 나의 애장품이 되었다. 시아버님의 사랑이 배어있는 물건이어서 애지중지 잘 관리했던 것도 사실이지만 무엇보다 튼튼한 다리미였다. 그런데 이제는 퇴출당할 늙고 늙은 다리미가 되어 있다. 줄이 낡아 속살이 보여 수리 센터에서 AS를 받았더니 조금은 멀쩡해졌다.

사실 집에서 사용하고 있는 물건에는 종류도 많고 가짓수도 많다. 그러나 유독 다리미에는 온갖 이야기가 담겨 있기에 내가 첫 번째로 사랑하는 애장품이 된 것이다. 그 다리미를 보노라면 나에게 많은 사랑을 주셨던 시아버님의 인자하셨던 모습과, 깔끔하게 다림질된 와이셔츠와 바지를 입고 출근하던 평소의 남편의 웃는 얼굴이 간혹 떠오르곤 한다.

올림픽이 개최되었던 그해에 남편은 시부모님과 일본에서 오신 손님을 모시고 우리 가족이 모두 함께 올림픽 개막식 구경을 가려고, 미리 입장권을 준비해놓고 그날을 기다리고 있었다. 그러나 개막식 며칠을 남겨놓고 아버님께서는 칠순이라는 아까운 연세로 별세하셨다. 그래서 모두 손꼽아 기다렸던 올림픽 개막식 참관은 물거품이 돼버렸다. 모든 면에서 부족함이 많았던 며느리에게 항상 사랑을 듬뿍 주셨던 어른이셨다.

추운 겨울날 저녁 때가 될 무렵이면 '에미야 저녁 일찍 먹을 테니까 어서 쉬어라. 나 두 번 밥 달라고 안 할 테니까 어서 일찍 먹고 쉬자' 고 말씀하시며 며느리가 부엌에서 일하는 모습을 안쓰럽게 생각하시고 그저 며느리를 편안하게 해 주시려는 따뜻하신 배려가 끝이 없으셨다.

내가 처음 남편을 만났을 때, 신혼살림은 따로 나가서 살게 된다는 그 말을 듣고 집으로 돌아와서 곰곰이 생각해 봤지만, 우리가 맏이였기에 부모님은 내가 모셔야 한다는 생각이 앞섰다. 그래서 나는 아담하게 수리해 놓은 십오 평의 신혼 아파트를 굳이 사양하고, 시부모님 곁에서 살겠다고 말씀드리면서 시댁에서 신혼을 시작했었다. 그때 아버님께서는 얼마나 기뻐하셨던지……. 그래서 당신과 함께 사는 며느리를 더욱 더 아껴주셨는지도 모른다.

출장 다녀오실 때에는 꼭 맛있는걸 사다 주셨고, 당신 보시기에 좋은 물건이 보이면 자주 '선물이야' 하시면서 건네 주셨던 내 시아버님! 자손에게 '진한 사랑' 을 주고 떠나신 어른이셨다. 가족이 함께 단란하게 모여서 차를 마실 때면 아버님께서는, '나는 자손들을 편하게 해주고 싶다. 한참 후에 내 제삿날이 오면 복잡하게 이것저것 상에 올리지 말고, 오늘이 아버지 기일이야 하고 기억해주고, 또 평소에 내가 좋아했던 음식 두세 가지만 올려주면 된다. 꼭 그렇게 간소하게 해다오.' 라는 이 말씀을 평소에 유언처럼 남기셨다. 그러나 나는 생활의 범위 내에서 특히 아버님께서 좋아하셨던 음식을 기억하면서 정성껏 음식을 준비한다.

가족 모두가 쉽게 기억할 수 있는 음력 정월 열 하룻날! 이날이 내 아버님 기일이다.

지금 나는 연두색 다리미의 얼굴을 곱게 닦으며, 내 아버님께서 주셨던 사랑을 되새김질 하고 있다. 당신의 손자 손녀를 금쪽같이 아껴주셨던 인자하셨던 아버님이셨기에 이 연두색 다리미에서 내 아버님의 체온이 느껴지는 듯한 따뜻함이 전해온다. 지금 창 밖에는 브라운 톤의 가을이 커피색처럼 몽글몽글 다가오고 있다. 저켠 은행나무 옆에 중절모를 멋지게 쓰신 내 아버님의 미소 띤 모습이 잠깐 클로즈업된다.

반려동물 보호 사진전을 보고

　무더위가 시작되는 칠월이었다.

　전날 친분이 있는 부인으로부터 한 통의 전화를 받았다. 내용인즉 시간이 나면 반려동물 사진전을 함께 참관하자는 전화였다. 반가운 전화였고, 또 시간도 있고 해서 나는 그분과 함께 국회의원 회관 1층 중앙홀로 갔다. 많은 내빈 소개와 이 행사를 주관하는 국회의원님의 말씀이 있었고 그다음 KARA 동물사랑실천협회와 한국동물보호연합회가 후원하는 애완동물을 보호하자는 취지의 사진전시회 가 열렸다.

　나는 난생 처음으로 이런 내용의 모임에 참석했던 터라 신기한 눈으로 빠트리지 않고 이 사진 저 사진을 둘러보았다. 전시 행사장 중앙을 기준으로 해서 한쪽은 동물을 사랑하고 보호하는 모습을 담아서 사진이 전시되어 있었는데, 예쁘게 단장한 강아지의 머리에는 예쁜 핀과 리본이 달려 있었고, 방금 샤워를 한 듯한 보송보송한 몸의 하얀 털은 윤기가 자르르 흐르고 있었다. 그 강아지의 주인인 젊은 여인이 품에 안고 있는 사진이었다. '개도 주인을 잘 만나면 상팔자다' 라는 옛말은 이런 경우를 두고 한 말인 것 같다.

그런데 다른 한쪽은 그야말로 눈으로는 차마 볼 수 없는 인간들의 가혹행위를 담은 사진들로 되어 있었다. 산속에서 살던 너구리가 쳐놓은 덫에 걸려서 살이 찢겨진 채 철망에 갇혀 몸부림치는 모습, 그리고 사냥꾼이 쏜 총에 맞아서 피범벅이 된 채로 숨겨 있는 멧돼지와 꿩의 사진, 주인이 버린 강아지가 큰 행길에서 자동차에 치여서 죽은 사진, 그리고 정력 강화와 보신이라는 미명 아래서 살아 있는 곰을 강제로 묶어놓고 간과 쓸개를 떼어 내는 장면 등등을 보고 인간이 과연 얼마나 잔인한가를 확인하며 씁쓸한 느낌을 감출 수가 없었다.

그중에서도 유난히 나의 시선을 멎게 한 것은 보신탕집의 철망에 갇혀 있는 엄마개와 아기개의 사진이었다. 좁디좁은 철망속에 갇혀서 움추리고 서 있는 엄마개의 눈엔 눈물이 반쯤 흐르고 있었는데, 그 눈물을 포커스로 잡은 사진이었다. 정말 가슴이 아팠다. 겨우 태어난 지 이삼 개월 쯤으로 보이는 어린 강아지는 영문도 모른 채 철망 밖으로 쳐다보고 있고 조그만 밥그릇

과 물그릇엔 먹을 것이 다 비어 있어 두 눈 가득 배고픔과 두려
움이 서린 사진이었다. 이 두 생명이 언제쯤 끝이 날 것인지 안
타깝고 가엾기 그지없었다. 그날 사진전을 참관하고 돌아와서
나는 졸시 한 편을 읊조려 보았다.

해질녘
노을빛 눈물이 담겨오네

철장에 갇힌
엄마와 아기 누렁이의 눈에

함께
편안한 발걸음 한 번 땅에
디뎌보지도 못한 채
머지 않아 떠나게 될
매우 무섭고도 서러운 여행 앞에서

더 따뜻하고
더 푸르런 자유를 갈망했건만

'살려 달라'
아기만은 꼭…
읍소하던 그 눈망울엔

해 떨어진
노을의 슬픔이 젖어오네.
—

—손계숙, 『맨살의 그리움은 별비되어 흐르고』 시집 中
「반려동물 보호 사진전을 보고」 전문

오직 '보신'과 '정력'을 위한 미명 아래 많은 동물의 생명이 죽어 가고 있고 죽임을 당하고 있다.

인도의 지성 마하트마 간디는 '한 나라의 위대성과 그 도덕성은 동물들을 다루는 태도로 판단할 수 있다. 동물은 잔인한 인간으로부터 철저히 보호되어야만 한다.'고 강조했다. 우리는 간디의 그 말에 귀를 기울이고, 그래서 가장 가까운 곳에서 우리의 소중한 동반자로서 반려동물의 소중함과 우리와의 우정을 일깨워 주는 생명임을 결코 잊어서는 안 되지 않을까 한다.

여러 동물들 중에서 개는 주인에게 충성을 다할 뿐만 아니라, 주인의 가족이 위기에 처했을 때는 그 생명을 바쳐서라도 주인을 지켜주는 충직성이 있지 않은가? 어느 집에 도둑이 들었을 때 집을 지키던 진돗개가 마지막 순간까지 도둑을 지키다가 주인은 살리고 그 자신은 도둑의 흉기에 찔려 무참히 죽었다는 일화를 우리는 들은 바 있다.

지금 창 밖에는 가을비가 내리고 있다. 여름의 삼복을 다 지우고 가을을 끌어당기는 그 엄마누렁이의 눈물같은 비가 주위를 온통 적시고 있다. 철망 속에 갇혀있던 사진속의 그 생명들은 어떻게 되었을까? 빗물에 내 마음도 저려온다.

이 전시회를 주관하신 모 국회의원께서 중심이 되어, 머지않아 국회에서도 '동물보호 개정법'의 토론회가 열린다고 하니 정말 다행스런 일이다. 동물을 사랑하는 한 사람으로서, 이 법안이 국회에서 통과되기를 기원한다. 그들이 진정 인간으로부터 사랑 받으며, 보호를 받을 수 있는 그날이 속히 오기를 나는 기대해 본다.

'파랑새 크레파스'의 추억

봄은 설렘의 계절이다.

긴 겨울의 터널을 지나 봄을 맞이하는 마음은, 어쩌면 고향에 계시는 부모님께로 달려가고픈 향수 같은 것 일지도 모른다.

얼마 있지 않으면 곱디고운 연분홍 진달래꽃이 손짓하리라는 생각을 해보며, 예쁜 편지지를 사기 위해 문구점에 들어서보니 많은 문구들이 잘 정돈되어 있었고 한쪽 켠에는 갖가지 크레파스들이 진열되어 있었다.

나의 시선이 크레파스 진열대에 머물자 문득 옛기억이 떠올랐다. 그러니까 초등학교 3학년 때의 일이다.

같은 반 여자친구였던 동진이의 얼굴이 떠오른다. 미술시간이 있는데 동진이는 아무도 갖지 않은 새로 나온 '파랑새 크레파스'로 그림을 그리고 있었다. 아마 그 애 아빠가 미술대학 강사였던 것으로 기억된다. 그 애는 그림도 잘 그렸거니와 좋은 크레파스로 형형색색의 색상을 도화지에 멋지게 쏟아내는 재주가 있었다. 옆에서 보니 크레파스가 무슨 요술을 부리듯도 싶어 그 친구가 무척이나 부러웠다. 나도 그걸 꼭 갖고 싶었다. 그 날 나는 아버지가 집으로 돌아오시기를 손꼽아 기다렸다. 그래서 저녁상을 물리신 아버지께 바짝 다가앉으며

"아버지, 파랑새 파스 하나 사줘요. 그러면 우리 반에서 내가 그림을 제일 잘 그릴 수 있어요."

하고 아버지께 말씀드렸더니 아버지께서는

"지금 쓰고 있는 크레용을 가져와라."

고 하셨다.

구입한 지 불과 며칠이 되지 않은 크레용이기에 닳지 않아 끝이 뾰족했다. 실망스럽게도

"이걸 다 쓰고 나면 사줄게."

하는 아버지의 말씀이셨다.

얼마나 크레파스가 갖고 싶었던지 그 날부터 어린 여동생 두 명을 시켜 집안의 종이라는 종이에는 물론 그것도 모자라서 신문지에도 무작정 색칠을 해나가기 시작했다. 그래도 크레용은 빨리 닳지 않았다.

며칠간 틈만 나면 크레용 칠을 하다 보니, 어린 막내는 손등과

손바닥은 물론 얼굴에까지 크레용이 묻어 분장 칠을 한 것 같았고, 첫째 여동생은

"언니, 그만하면 안돼? 칠하기 싫어. 팔이 아파."

하면서 꾀를 부리기 시작했다. 그래도 크레용은 아직 반이나 남아 있어 원망스럽기까지 했다.

그러던 어느 날 손님이 오셨다. 집에 손님이 오시면, 내가 하는 일은 여동생 둘을 떠들지 않도록 조용히 데리고 노는 일이었다. 그 날도 역시 크레용 칠하기는 계속이었다. 잠시 후 방문이 열리고 손님께서 퍼런 지폐 2장을 주시면서

"엄마께 보이지 말고 가방 안에 잘 넣어뒀다가 학교 오갈 때 동생들과 맛있는 것 사먹어라." 하셨다.

그 돈을 받지 않으려고 사양하고 또 사양했지만, 밖에서 아버지가 부르시자 그분은 들킨 듯 돈만 두고 나가셨다. 200환이라는 돈은 내 호주머니에 들어왔다. 그 때부터 나의 갈등은 시작되었다. 여동생 둘이서 열심히 색칠하는 것을 바라보면서 내 가슴은 콩닥 콩닥 뛰기 시작했다.

'그래, 이 돈이면 '파랑새 크레파스'를 살 수 있어. 내일 미술 시간에 나도 파랑새 파스로 그림을 그릴 수가 있어. 아니야, 큰 돈이니까 엄마를 드려야 해, 아니야 사야해'

이런 갈등이 계속되자 내 목젖이 뻐근해지고 등에서는 식은땀이 흐르고 어떡하지라는 신음소리까지 나왔다. 얼마간의 시간

이 흘렀을까? 그러나 나는 마음을 수습하고 결국 그 돈을 부모님께 고스란히 갖다 드렸다. 앞으로는 어른들이 주시면 받으면 안 된다는 근엄하신 아버지의 말씀이 있었다. 나는 바로 아버지의 목을 애교스럽게 껴안으며 크레파스를 사달라고 졸랐다.

"그렇게도 갖고 싶니? ……그래, 사러 가자."

나는 뛸 듯이 기뻤다.

"양말은 신고 나가야지!"

하시는 엄마의 목소리를 뒤로 한 채 이 세상을 다 얻은 듯 양 콧노래를 부르면서 아버지의 손을 잡고 문방구로 갔다. 아, 그렇게도 갖고 싶었던 '파랑새 크레파스'! 나는 크레파스를 품 안에 꼭 안고 입맞춤도 해가며 빙글빙글 돌면서 까치발로 뛰기도 했다. 내 기억 중에서 그 때의 아버지가 제일 좋았고 멋져 보였다.

그 다음날 미술시간이었다. 바로 옆줄에 앉아있던 동진이가 내 크레파스를 힐끗힐끗 보면서 그림을 그렸고, 나는 동진이의 얼굴을 여러 번 훔쳐보면서 '나도 있어, 이제 너보다 그림을 더 잘 그릴 수가 있어.' 이런 생각을 하면서 그림을 완성했다. 보란 듯이 열심히 그렸던 '숲 속 이야기'라는 제목의 그림은 나무에 앉아있는 새그림이었는데, 새의 부리가 살아있는 것처럼 잘 그렸다는 담임선생님의 칭찬과 함께 교실 뒷벽 중앙 '실력 뽐내기'란에 걸리게 되었다. 그 때의 기쁨은 그 무엇과도 바꿀 수가 없었다.

어언 40여년의 세월이 지난 지금 동진이는 멋진 화가가 되었을까? 아니면 전업 주부가 되어있을까? 동진이의 소식이 사뭇 궁금하다.

옛날과는 달리 요즘 어린이들은 풍요로운 물질 만능의 세상 속에서 살고 있다. 지금 막 크레파스를 사러온 저 어린이가 새 크레파스를 손에 들 때 과연 어떤 느낌을 지닐까 싶어 궁금하다.

필시 저 아이들에게는 크레파스를 난생 처음 손에 들었던 내 유년시절의 무지갯빛 기쁨은 결코 없으리라 싶다. 나만이 만끽했던 비밀스런 환희, 내 유년의 기억은 한 폭의 수채화처럼 지금까지 아름답게 가슴속에 살아있다. 지금은 고인이 되신 아버지의 특별하셨던 자녀 교육법과 사랑법이 되돌아 보인다. 내 아버지의 넉넉하신 모습이 오버랩되어 그렇게 정지된 채, 지금도 내게 서 있다.

비가 오면 생각나는 사람

유월이 지나가는 어느날 오후였다. 쨍쨍했던 하늘은 금새 요란한 빗줄기를 몰고와 주변이 온통 후두둑 비에 젖었다. 자글자글 천진스럽게 웃던 아카시아 꽃들은 웃음을 잠시 뒤로 한 채 상념에 젖어있고, 햇살아래 놀고 있던 어린 채송화도 비에 젖은 손등을 가만히 문지르는 비오는 오후였다.

비에 젖는 오후는 찬란하다. 나는 핸들을 접고, '푸른 다뉴브 강의 잔물결'이 잔잔하게 흐르고 있는 카페에 들어와서 따끈한 커피잔과 마주하고 앉았다. 비를 좋아하는 나는 비를 감상하며 비 내리는 창밖을 바라본다. 지금 내 마음은 온통 비에 젖는다. 그리고 지난날의 대학 학창시절로 시간을 유턴시키고 있다. 초록빛처럼 상큼하게 되살아나는 추억 한 장 그리고 진한 그리움이 고개를 쏙 내밀었다. 그때 친구랑 같이 관람했던 프랑스 영화 〈비우悲雨〉가 생각난다. 이 영화는 유럽의 어느 왕실의 러브 스토리를 그린 영화였었다. 왕위를 계승해야할 황태자와 평민과의 이루지 못할 사랑을 엮은 가슴이 시린 애틋한 영화였는데, 주인공이었던 프랑스의 명배우인 오마샤리프와 까뜨리느 드뇌브의 연기가 정말 일품이었다. 눈이 하얗게 쌓이고 있는 왕실의 별장에서 사랑하는 두 남녀가 창밖을 바라보면서 평민인 까뜨리느 드뇌브는 사랑하는 사람에게 이렇게 속삭인다. "비는 댄싱 댄싱! 눈은 영원한 잠."이라고… 이미 죽음을 예견하면서 눈물 속에서 주고받는 이 대사는 세월이 이렇게 흐른 지금도 뇌리에 찡하게 남아 가슴을 촉촉이 적시고 있다.

지금 카페의 창가에는 여름을 식히는 한줄기 비가, 때에 찌든 세상의 온갖 잡념들을 깨끗이 씻어내리는 듯, 영화 '비우'의 여주인공의 대사처럼 "비는 댄싱 댄싱!" 이렇게 소리치며 대지위에서 아름답게 춤추고 있다.

그리고 얼마 지나 비에 젖은 회색빛 사위四圍가 점점 밝아지자, 나는 비오는 날의 추억이 또 하나 떠오른다. 비가 촉촉히 내리던 어느 날 나는 우연한 기회에 비와 눈을 좋아하시는 인생의 선배님을 만나게 되었다. 수려하신 용모에 젊은이 못지않으신 패기, 그리고 도저히 나이를 가늠하기 어려운 건강을 지니신 분이기 때문에, 비를 맞으면서 걸으시는 모습은 멋스럽기까지 하였다.

몸담고 계시는 지역사회의 그늘진 이웃에게 몸소 사랑을 실천하셨고, '한국좋은가정 만들기 운동본부'의 책임자로서 책임과 소명을 다하시며 촛불의 희생을 보이셨다. 그리고 넓게는 대한민국의 민간사절로써 참사랑을 실천하시며, 쉼없는 봉사로 세계의 여러 곳에 잔잔한 봉사를 펼쳐나가는 자랑스런 로타리안이셨다. 빗속을 걸으면서 그늘진 인류의 눈물에 가슴 아파 하시던 비를 닮은 그분이 지금 버버리 코트깃을 세운 채 빗속에서 환하게 웃고 서계신다. "참사랑의 봉사는 늘 시작일 뿐 끝이 없다."하시던 그 말씀이 환청처럼 들려온다.

지금 비는 차츰 멎어가고 있다. 비를 머금은 아카시아 꽃들이 두 팔을 벌려 꽃춤을 춘다. 그 속을 헤집고 파고드는 아카시아 향은 떠나가는 오월의 끝자락을 붙들고 있다.

대지의 갈증을 해갈시켜주고 있는 저 자연의 섭리에 머리숙여 감사드린다. 온 대지가 목이 타오를 때 흠뻑 마른 목을 적실 수 있는 비를 선사하는 것에 깊이 감사드리며 나의 시 「소나기·1」이 생각나 조용히 읊조려 본다.

　　세월의 분지에 갇혔던
　　타오르는 사랑

좌악 좌악
잰걸음으로 달려옵니다

젖은 율동은 어깨선을 지나
젖무덤에서 파도치고

이별예감이었던
첫 사랑의 체온이
가슴을 파고듭니다

가슴의 불덩이를 하얗게 식힌
얼음의 빛으로
얼음조각의 꽃으로

포도위에
사막의 눈물같은
동그라미를 그립니다

맨발로 사랑이 달려옵니다.
　　　　　— 손계숙 시집 『사랑초抄』 중 「소나기」 전문

　이 시는 어느 여름날 긴 가뭄으로 인하여 산천초목이 타들어
가던 그때에, 자연이 내려주신 소나기를 보고 기쁨에 겨워서 쓴
나의 졸시이다. 가끔은 일상의 욕심을 슬쩍 내려놓고 비오는 창
밖을 보노라면 봉사의 외길을 걸어가시는 그분이 오늘처럼 떠

오르곤 했다. 그리고 존경심이 우러나온다. 이제 쉰의 초입에 들어선 나는 아담하고 조용한 봉사를 생각해본다. 내 환경에 알맞은 순수한 봉사를 이 여름에 나도 실천해보리라는 마음도 가져본다.

올 여름에는 예쁜 비우산을 구입해서 나와 뜻이 맞는 친구랑 함께 소외된 곳을 찾아, 비를 가릴 수 있는 그것들을 선물하고 싶다. 가장 아파하시며 소외된 삶을 살아가시는 할아버지나 할머니께 사랑의 비우산을 나눠드리고 싶다. 단 몇 개의 선물이 될지는 모르지만.

나는 남은 커피로 목을 달래며, 비오는 카페의 창밖을 바라본다. 음악은 쉼없이 흐르고 비의 율동이 잦아지고 있는 오후에 연분홍 빛깔의 우산을 쓰고 팔짱을 낀 채 걷고 있는 연인의 모습이 오늘따라 아름답게 비춰지고 있다.

책을 읽고…

저 하늘에 사랑등불 매달고

2006년 12월　5일 1판 1쇄 초판 인쇄
2006년 12월 10일 1판 1쇄 초판 발행

　지은이 이유식 · 전지명 · 손계숙
　펴낸이 한 봉 숙
　펴낸곳 푸른사상사

등록 제2-2876호(1999.8.7)
서울시 중구 을지로3가 296-10 장양B/D 701호
대표전화 02) 2268-8706(7) 팩시밀리 02) 2268-8708
메일 prun21c@yahoo.co.kr / prun21c@hanmail.net
홈페이지 //www.prun21c.com
ⓒ 2006, 이유식 외

값 12,000원
ISBN 89-5640-507-7

　21세기 출판문화를 창조하는 푸른사상이 되겠습니다.